二見文庫

ときめきフライト

蒼井凜花

目次

ときめきフライト

プロローグ

皆さま、本日も「東都《とうと》航空」をご利用いただきまして、誠にありがとうございます。

当社は、一人ひとりのお客さまに安全で快適な空の旅をお届けし、お客さまとの触れ合いを大切にしたいと考えております。お客さまにご満足いただけるより良いサービスをめざし、お受けした信頼を大きく育ててまいりたいと思います。

ただ、三カ月間の厳しい訓練を受けたＣＡも、制服を脱げばひとりの女でございます。

キャビンで好みの殿方を見ると、否応なく体は疼《うず》きますし、男日照りの期間には、理屈抜きでセックスしたい瞬間もございます。

普段から命の危険にさらされる職種ゆえ、程度の差こそあれ、セックスは貪欲に、ベッドでは思いきり奔放に振る舞いたい願望も、それこそ否めないのでございます――。

第一章　制服を着たままで——福岡便

1

「ハアアァッ……奥まで入ってる……」

ベッドが軋んだ。

淡い照明に、ふたつの影が揺らめいている。隆々と反り返るペニスに背後から貫かれ、美咲《みさき》はシーツに頬をついたまま、白い喉元をのけ反らせた。

「抜群の締まりだな。このくびれた腰、肉づきのいいヒップライン。美人ＣＡはアソコも絶品だ」

「んんっ……言わないでください」

「おっ、ヒクヒクしてきたぞ」

嬉々として尻を引き寄せた男——林雅夫《はやしまさお》は、汗ばむ双臀に指を食いこませ、腰を打ち据えた。

ニュブッ……ズブズブッ……！

「くうっ……」

「ほうら、どんどん膣内《なか》に入ってく」

弾みをつけたペニスが、一気にめりこんだ。

律動はいっそう激しさを増し、突かれるたび、艶めかしい肉ずれ音が響き渡る。

背筋に快感の戦慄が流れ、電気ショックでも受けたかのように痙攣し、粘つく汗が飛び散った。

「ハァ……いいの、林さんのオチンチン……すごくいいの」

卑猥な単語を口にする美咲に興奮が高まったのか、ペニスがもうひと回り膨らんだ。

「おお、たまらん」

灼熱のペニスの圧迫と摩擦に、シーツに爪を立てた。髪を振り乱しいやいやと首を揺さぶるが、同時にそれは「もっと、もっと」とねだる浅ましい女の咆哮《ほうこう》でもあった。

——佐倉《さくら》美咲は、大手航空会社の一つ、東都航空のＣＡだ。

濃紺の制服に水色のスカーフは、美咲のノーブルな美貌とスリムな肢体をいっそう魅力的に見せている。

過去にＣＡカレンダーにも登場したことのある美咲も、いまや乗務歴十二年のベテラン。フライトではチーフパーサーを任されることも多く、しっとりと匂い立つような三十二歳の美人ＣＡと評判だ。

五十二歳の林と知り合ったのは一年前、スポーツクラブでのことだった。

ルックスは冴えないが、人当たりのいい温和なビジネスマン——それが彼の第一印象だ。スーツ姿で仕事帰りにやって来て、ランニングマシンで汗を流し、再びスーツに着替えて帰っていくさまは、美咲の目にとても好ましく映った。

だから食事に誘われた時も、必要以上の警戒心を抱くことはなかった。

なにより、恋人と別れたばかりの美咲にとって、男性からの誘いは気落ちする女心を奮い立たせてくれたのだ。

彼は既婚者であったが、男女の関係になるまで、さほど時間を要しなかった。

こなれたセックスに、それなりの男性経験のある美咲の体は否応なく反応した。

丹念なキスから始まり、体中に降り注ぐキスの雨。

Ｄカップの乳房を捏《こ》ねられ、乳首を吸われる頃には、腰がぶるぶると震え、子宮の奥から熱い蜜が噴き出していた。

太腿を広げられ、熱い舌で女裂を舐めあげられた瞬間、

「あぁんっ……」

あまりの心地よさに耐え切れず、美咲は自ら腰を押しつけていた。

彼のクンニリングスは絶妙だった。散々焦《じ》らし、もどかしげに尻をくねらせたところに、硬く伸ばした舌先をズブリと粘膜にねじこませる。

わざと下品な音を立て、恥液を啜《うる》りあげ、最後はとどめの肉の鉄槌攻撃。

自分でも信じがたいほど秘唇が潤み、あふれる愛液がシーツに沁みていく。

普段の温厚さからは思いもよらないほど、彼の性戯は美咲を翻弄した。

反り返るペニスが凝縮した粘膜に食いこみ、引き抜く際はＧスポットを逆撫でされる。

ズリュッ、パンッ、パパパンッ――!!

「ハウッ、ハァア……」

全身が性感帯になったかのようだった。

悦楽に慄《おのの》き、震え、恍惚の喘ぎが絶え間なく口を衝《つ》いて漏れ出てしまう。

熱いペニスが行き来するたび、身悶えしながら女の悦びに浸りきった。

ああ……欲しい、欲しい――。

逞しいオチンチンを……もっと。


「美咲先輩、聞こえてます?」

その声で我に返った。

「えっ?」

目の前には、エプロンをつけた後輩CA・野村理子《のむらりこ》がいた。小麦肌にエキゾティックな美貌の二十五歳の中堅CAだ。

「ご、ごめんなさい」

美咲は理子の豊満な乳房に視線を流す。

エプロンごしでもわかる推定Fカップの巨乳は、いつもながら圧巻だ。

そのことは彼女も十分承知のうえで、男性客にはわざとバストを突き出して対応し、鼻の下を伸ばすさまを愉しんでいる。

いや、理子のオッパイを気にしている場合ではない。

今は羽田から福岡に向かう飛行機の最終便。美咲は、ボーイング767に乗務する七名のCAのチーフなのだ。

前方ギャレーで、すっかり過去の不倫の思い出に浸ってしまっていた。

動揺する美咲をよそに、理子は笑みを浮かべ、

「ドリンクサービスは終わりました。機内も異状ありません」

飲み物を載せたカートをギャレー下に戻し、ロックする。

「お疲れさま、ありがとう」

「先輩、顔が赤いですよ。なにかあったんですか？」

「い、いいえ、あとは私が片づけておくから、到着まで着席して、お客さまの様子を見ててちょうだい」

冷静さを装うが、体の火照りは治まらない。

とろりとパンティに熱い恥液が落ちてくる。

（あ……いや）

下着の中で秘唇がヒクついた。心なしか、ブラジャーの中で乳首がしこっている気がする。

「そうそう、実は、キャビンで美咲先輩好みのお客さまを見つけちゃいました」

「えっ？」

「先輩ってちょっと冴えない男が好みじゃないですか。頼りない系というか、見た目も残念な男」

「なによ、それ」

美咲は口を尖らせるが、当たっているだけに心は複雑だ。

確かにイケメンには興味がない。どちらかといえば、うだつのあがらなそうなダメ男を癒してあげたいタイプである。

「まあまあ、ちょっと見てくださいよ」

理子はカーテンを少しだけ開け、手招きする。

「ほら、あの人。前から四列目の左側」

指摘された五十代ほどの男性客を見て驚いた。

かつての不倫相手、林と酷似している。

いや、林よりも残念度は高い。

よれよれのスーツに貧相な顔つき、頭皮の透けて見える白髪交じりの薄らハゲ。機内よりもガード下の立ち呑み屋で、チビチビ酒を呑むのが似合いそうなタイプだ。

「どうです？　先輩好みでしょう？」

理子はうふふと笑った。

「……こら、今はそんなこと言ってる場合じゃないでしょう」

図星を指されただけに、美咲はむくれて見せた。

「とにかく、もうすぐ着陸よ。席に戻ってしっかり機内をウォッチしてて」

「は～い、ではお言葉に甘えて、あとはお願いします」


再び一人になった美咲がギャレーで、フライト報告書を書いていた時だった。

「あのぉ、すいません」

その声に顔をあげて息を吞んだ。先ほどの男性が、ハンカチで口許を押さえながらふらふらと近づいてくるではないか。

額には脂汗、顔色も悪い。今にも倒れそうな男性の体を、美咲は咄嗟に支えた。

「大丈夫ですか？」

「ああ、吐きそうで……」

見るからにつらそうだった。空酔《くうすい》だろうか。機内には救急箱の用意もあるので酔い止めや胃薬を勧めようか。

「とりあえず、トイレを借ります」

そう言うと、化粧室に消えていく。エンジン音が響く中、美咲は冷めかけていた火照りが再燃するのを感じずにはいられなかった。

林よりも貧相な風体だが、年齢も背格好もあまりにも似ている。

あの凶器のような鋭い突きあげが、体の中心に蘇ってくる。

（あん……ダメよ……今はフライト中なのに）

そうは言っても、肉の疼《うず》きは止められない。

ヒクヒクと蠢く秘裂に、再びねっとりした蜜が噴き出てくる。

とその時、ザザーッという水流音が響き、男が出てきた。

「大丈夫でした？」

「ええ、なんとか」

力なく笑ったものの、表情は苦しげに歪んだままだ。

「もうすぐ着陸ですから、すぐに酔い止め薬と冷たいおしぼりをお持ちいたしますね」

「すみません。お世話かけます」

そう頭をさげ、戻っていく男の背を見つめながら、美咲の疼きは強まる一方だ。

――午後十時。福岡空港到着。

フライトを終えたＣＡ七名が博多市内のホテルのロビーでチェックインしてい

ると、隣に来たのは、あの空酔客ではないか。

「あら、先ほどの……」

「あっ、CAさんたちも同じホテルでしたか？　さっきはありがとうございました」

「その後、お体はいかがですか？」

「はあ、なんとか大丈夫かと……」

男性客は、恐縮したように頭をさげる。

ちらりと見えたのはルームキーの512という数字。

美咲の眼が妖しく光った。

2

「あれ、CAさん？」

ノックの音に、ドアを開けた男が目をみはった。

「夜分にゴメンなさい。ご迷惑かと思ったのですが、予備のお薬をお渡ししておこうと思って」

美咲はドアごしに酔い止めと胃薬を見せた。

「わ、わざわざありがとうございます。感激だなあ。ささ、よかったら部屋に入って。コーヒーでも飲んでってくださいよ」

「いえ、まだ制服を着たままですし、後輩に見られたら大変ですから」

そう告げつつ、わざと切なげに瞳を向けた。

「じゃあ、せめて五分だけでも」

男は食いさがる。

そして美咲の手を引くと、強引に招き入れた。美咲の思惑通りだ。すでにシャワーを浴びたらしく、バスローブ姿の体からほんのりと石鹸の香りが漂ってきた。

部屋はベッドとデスク、ソファーのシンプルな空間。男性はといえば、スーツの時よりメタボな腹が目立ち、いっそう冴えない容姿が強調されている。

それがかえって欲望をそそられ、美咲を大胆な女にしていった。

ソファーに腰をおろすと、男は落ち着かない様子で、

「コーヒーでいいですか?」

備えつけの棚からドリップコーヒーを取り出そうとした。

「せっかくですからビールでもいただこうかしら。よかったら、ご一緒に呑みませんか? あっ、具合の悪い方には失礼でしたね」

「いえ、じゃあ僕もビールで」

男は冷蔵庫から缶ビールを取り出した。

「お隣、どうぞ」

「あ、はい……」

二人は並んで座り、乾杯をする。

コクンとひとくちビールを呑むと、美咲は蠱惑《こわく》的に微笑んだ。

「私、佐倉美咲と言いますが、お名前うかがってよろしいでしょうか？」

「あ、僕は沼田弘樹《ぬまたひろき》。印刷会社に勤めてます。役職は係長。もう、十年やってますから、万年係長ってやつで」

沼田はへへへと自嘲気味に笑った。

「まあ、万年係長だなんてご謙遜を……」

「お恥ずかしい話、同期の連中どころか、後輩にもどんどん追い抜かれて……。この厳しい時代、クビや降格にならないことを感謝しなくちゃって思ってるんですが、なにせ、給料があがらないうえに、ボーナスもカットされて、女房に責められましてね。嫁は子供連れて実家に帰ってしまって……はは、こんな話、つまらないですね」

沼田は照れ隠しのように、ぐびりとビールを呷った。

額に粒汗を光らせ、しょぼくれる姿を見ているとたまらなく愛しくなる。

「帰りの電車の窓に映る自分の顔が、日に日にくたびれてってねえ、俺はこの先どうなるんだって、いつも自問自答してますよ」

沼田はさらに肩を落とす。

「そんなに自分を責めないでください。沼田さんはまじめなんですよ。それに、ちょっとくたびれたり、弱々しい感じの男のほうが好きな女もいるんですよ。私のように」

そう言うと、彼の太腿にそっと手を置いた。

「み、美咲さん……？」

一瞬、硬直した彼に臆することなく、そのままサワサワとさすりながら、ぐっとしなだれかかった。

「沼田さんのこと、もっと知りたいの。フライト中から気になっていたんです。あなたのこと」

「は……？　そんな。冗談では？　僕はこの通り冴えないオヤジですよ……。むうっ！」

彼がそう声をあげたのは、美咲が唇を重ねたからだ。のけ反る体に覆いかぶさるように、唇を押しつけた。

「み、美咲さんッ……そんな……、どうして」

信じられないという目で、沼田は見返す。

「今はなにも言わないでください。お願い、このまま私と……」

舌を差し入れた。「むうう」とくぐもった声を漏らしながら、沼田も舌を絡めてくる。

「ハァ……沼田さん」

太腿をさする掌《てのひら》に、熱く硬いものが触れた。下着の上から握ると、

「おうぅ」

沼田は鼻息を荒らげる。

「んん……カチカチ」

「美咲さん、君、いつもこんなことと……」

「いいえ、沼田さんが初めてよ。ねえ、おしゃぶりしてもいいかしら？」

「えっ？　ちょ、ちょっと待って」

強引にトランクスを引きおろすと、ぶるんと赤黒いペニスが飛び出した。

「まあ、すごい」

冴えない男に不釣り合いな立派なイチモツに、美咲はごくりと生唾を飲んだ。このギャップがたまらない。美咲の経験上、冴えない男は意外にも立派な持ち物であることが多く、モテない自覚があるだけに、セックスも丁寧でねちっこい。見かけ倒しのイケメンの数十倍、いや数百倍、ベッドで楽しませてくれる。

差し出した細い手が、青スジのうねる勃起を握り締める。

「ハアァ、美咲さん」

指を絡め、上下にしごいた。尿道口からは透明な先走り汁があふれ、瞬く間に手指を濡らしていく。

ニュブッ……ニチャッ……！

「すごいわ、ますます硬くなってきちゃった」

身を乗り出し、勃起に顔を近づける。

石鹸とカウパーの匂いを吸いながら、赤銅の肉棒をひとおもいに咥えこんだ。

「クウウッ！」

猛る男根は、硬質な芯でも通ったかのように口内でいっそう膨張し、頼もしいほど舌を圧《お》し返してくる。

ズリュッ……ジュプププッ……。

「ほおおっ」

ゆっくりと首を打ち振った。

舌を絡め、双頬をへこませながら、バキュームフェラを浴びせていく。

「美咲さんのような美人ＣＡが、まさかこんなこと……」

驚きと快美に困惑しながらも、突然降りかかったラッキーな体験に、感嘆の声をあげる。やがて、沼田の手は美咲の胸元をまさぐりだした。

「ンン……」

制服のボタンを手早く外すと、純白のブラジャーに包まれたＤカップの膨らみがあらわになった。

一瞬、ごくりと唾を飲んだ沼田だったが、先ほどとは一転、あえて落ち着き払った様子で乳房を包み、やわやわと揉みしだいてくる。

「はアン……」

美咲はペニスを咥えつつ、身をよじる。敏感に尖った乳首が、ブラの裏地にこすれて甘い痛みが広がった。噴き出した汗で、彼の掌がしっとりと吸いついてくる。

「いやらしいなあ、ブラの上からでも乳首がコリコリだ」

揉みしだく力が次第に強まっていた。

しかし、直接乳首に触れてくれない。それが悔しいほどじれったい。

「アン……アァァン」

ペニスをしゃぶりながら、美咲は鼻を甘く鳴らした。絶妙な乳首への刺激だけで、果ててしまいそうになる。直に触れてほしい。先端を摘まんで弄《もてあそ》んでほしい。

でも、それだけでイッちゃいそう。

もどかしさの影響で、口唇愛撫は激しさを増していた。

沼田の息遣いも次第に熱を帯びていく。

ズジュッ……ジュポポ……。

「おお……くうう」

「ああっ……はうッ……」

と、その時だった。

「僕にも美咲さんを愛させてください！」

沼田はいきなりバスローブを脱ぎ、全裸になった。間髪入れず、獰猛な野獣となって覆いかぶさってきたのだ。

「ッ……ああっ」

ソファーに押し倒された美咲の下腹に、硬い勃起が当たった。

ブラジャーを引きさげられると、窮屈そうに押しこめられていた乳房がぷるんと顔を出す。

「おお、乳首もピンクでキレイだ」

小鼻を膨らませながら、沼田は乳頭に吸いついてきたのだ。

「あっ……ああっ」

生温かな舌が乳首を弾き、乳輪ごと吸いしゃぶる。

同時に、スカートがたくしあげられた。

「見事な美脚ですね。ハイレグパンティがぴっちり食いこんで……ああ、なんていやらしいんだ。首元のスカーフもそそられますよ」

興奮に息を荒らげながら、汗ばむ手がパンティにかかった。

紺のストッキングとパンティが同時に脱がされる。

「ああンッ……」

蜜まみれの粘膜がヒクつき、クリトリスがトクンと脈打った。

「見せてください。美咲さんのアソコ」

彼は鼻息を荒らげつつ、下方に移動した。足首から下着を抜き取ると、M字に割って美咲の泥濘《ぬかるみ》を凝視した。

「……そんなに見ちゃイヤ」

美咲は手で隠す。

「グショグショだ。キャビンでは楚々とした美咲さんが、まさかこんなところまで見せるなんて」

秘めやかな裂け目に親指をあてがい、左右に広げてくる。

「あん……」

「毛は薄くて、ビラビラが小さいんですね。あっ、可愛いオマメがぷっくりしてる。スケベな匂いがぷんぷんしてますよ」

「い……いや……」

「中もキレイなピンク色だ。ヌメヌメさせて僕を誘って……。たまらないなあ」

言うなり、秘唇にむしゃぶりついてきた。

「……ッくう」

「ほうら、また濡れてきた。大洪水だ」

あふれる愛蜜が啜られた。花びらを舌でチロチロとほころばせ、ズブリと差し入れては、充血したクリトリスを弾きとばす。

全身を震わせる美咲の反応に、彼は嬉々として執拗にクリトリスを責めてくる。吸っては転がし、包皮を剝きしごいては、かぶせていく。

チュパッ……チュニュッ……ジュジュッ。

「ンッ……そんなにされると……」

いつもならシックスナインを経て挿入をせがむのだが、そんな余裕などない。顔をうずめる沼田に、膣口をなすりつけた。

「お願い……入れて……」

沼田は体を移動させ、美咲の右足を抱えあげた。

次いで、ペニスの先端をぬめるワレメにあてがった。

3

「み……美咲さん、入れますよ」

沼田は、唾液と先汁でぬめ光るペニスを、しっかりと握り締めた。

美咲の右脚を抱えあげ、ワレメにあてがった亀頭を二、三度、淫裂に往復させると、

ズブッ……ズブズブッ……!!

そのまま一気に膣口へと埋めこんできた。

「ッハァ……あぁぁッ……ハアアアッ！」

たっぷりと噴き出した蜜汁が、肉路を真っ直ぐに貫き、勢いづいたペニスをやすやすと子宮口付近まで到達させる。

「ああッ……いきなり、奥までだなんて……」

のけ反らせた体を痙攣させ、下腹を押さえた。

挿入すると、ヘソまで届いたかと思えるほどに、彼の男根は存在感を感じさせた。

それ以上に、ＣＡの制服を着たまま男とつながっている事実が、窒息しそうなほど興奮を掻き立てる。

女襞がわななき、ペニスにビクビクと吸着した。

「おうっ、美咲さんの膣内《なか》、きつい……ヒクヒクしてますよ」

「ああ……そんな……」

「おおう、ますます締めつけてきた」

彼は感嘆の声をあげるが、律動が始まることはなかった。

すぐにでも抜き差しをしてほしい美咲を焦らすように、挿入したまま身動《みじろ》ぎもしない。引きさげたブラからせり出す乳首を弄《いじ》りながら、さらに欲望を宙吊りにしてくる。

「んん……イジワル……ください……お願い」

美咲は体をよじらせた。

「だめだめ、ほら、こうして乳首を摘まむと、アソコもギュウギュウ締まってくるんだ。おお、ちぎれそうだぞ。感度も機能も抜群のオマ×コだ」

「ンン……そんな、恥ずかしいこと……言わないで」

片足を持ちあげられながら眉根を寄せたものの、実際は、卑猥な言葉を浴びせられるごとに子宮が疼いていく。

淫らな私をもっと見て……もっといやらしいこと言って……そう胸奥で囁きながら、羞恥を装うことがいっそう女を欲情させるのだ。

「んん……沼田さんも、私の中でビクンってしてるの……ねえ、そろそろ動いて」

美咲はズッポリとペニスを呑みこむ秘唇を、自らぐいとせりあげた。

「まだダメです、コリコリの乳首をもっと可愛がってあげますよ。いやあ、それにしてもなんてエロいんだ。コスプレじゃなくって本物のＣＡですもん。たまりませんよ」

沼田は体をかがめ、尖りきった乳首を口に含んだ。

「ああっ……」

いつの間にか彼は、主導権を握っていた。

言葉も動きも、水を得た魚のように大胆になっていく。

巧みに躍る舌が乳頭を転がし、吸いあげ、ねじ伏せてくる。

玩弄が深まるにつれ、膣奥までハメこまれたペニスを、美咲は無意識のうちに締めあげていった。

「はあっ……いい……」

汗ばむ体は悩ましげにくねり続けた。乳頭がいっそう敏感に痺れていく。

同時に、膣が絞られるような感覚に陥り、埋ずめたペニスを強烈な蠕動《ぜんどう》で奥へと引きずりこんでいく。

「はあ、極上のオマ×コCAだ」

「くう……くく」

「じゃ、動きます」

体勢を整えると、沼田はゆっくりと腰を使い始めた。

ズンッ……ズチュチュッ……ニュチュチュ……。

「ハアアッ……」

美咲は細い顎を反らす。右足を持ちあげられたため、浮きあがった分だけ性器の密着度が高まった。

しかも、反り返ったペニスが、Ｇスポットをダイレクトにこすり立ててくるのだから、たまらない。

一打ちごとに背筋がそそけ立ち、内臓が押しあげられる。

穿《うが》つごとに接合が深まり、粘膜をこそげながら圧し入る肉の拳は、瞬く間に美咲の総身を骨抜きにしていく。

「ンン……沼田さん」

冴えなさ丸出しの沼田だが、くいくいとしゃくりあげる腰づかいといい、速度と角度を微妙に変えるテクニックといい、その容姿からは想像できないテクニシャンだ。人は見かけによらないとはまさに沼田のことだろう。

あまりのギャップに身悶えてしまう。

「ほおら、美咲さんのオマ×コにズブズブ入っていきますよ」

彼は、わざとゆっくり肉棒を沈め、実況中継のようなことを始める。

「いやぁ……あん」

「ほら、引き抜くと、美咲さんのマン汁がねっとりと僕のチンポをコーティングするんです。さっきまで透明だったのに、今は白い本気汁まで噴き出しちゃって、スケベなマ×コだ」

「うっ……うう」

言葉とは裏腹に、もっと言ってと内心で絶叫する。

機内では礼儀正しい接客を求められるCAだからこそ、ベッドの上では思いっ切りハメを外し、我を忘れて乱れたい。

「おおぅ、締まってきた。締まってきた」

沼田はM字開脚をさせて、ズブリと最奥まで叩きこんだ。

打ちこみの角度が変わり、新鮮な粘膜の圧迫が心地いい。

しかも、カリのくびれで逆撫でするようにゆっくりと引き抜いていく。

「はあっ、はぁぁんっ……」

美咲が身悶えをするたび、結合部からは粘液が滴り、内腿を濡らしていく。

会陰からアヌスへと伝う女汁は、すでにシーツに恥ずかしいシミを作っているだろう。

「はうっ……もう、許して……」

膣襞はわなないていた。ただれたように熱を帯び、わずかな刺激にさえ反応する女陰が沼田が打ち貫くたび、いっそう苛烈な収縮を繰り返す。

と、彼は唐突に美咲の手を取り、

「ねえ、つながってるとこ、触ってみてくださいよ」

結合部を触らせてくる。

条件反射のように、美咲は体液に粘つくペニスの根元を握り締めた。

「ああ……硬い……」

そう呟くと、まるで鋼の芯を通したようにペニスがビクンと筋張った。

「沼田さんの、すごいわ……」

「相手が美咲さんだから、僕も興奮するんです。ああ、フライトで会ったばかりの美咲さんのオマ×コが、僕のものを呑みこんでるなんて」

沼田はさらに興奮したように、ズンズンと突きあげ続ける。

「すごくエロいですよ。オッパイがぶるぶる揺れて、ハァ……」

「ハアッ、沼田さんッ……私もう、イキそう……」

「だめです。まだまだだ」

ズチュッ、ズチュチュッ……！

かつて感じたことのない、壮絶な感覚が体内を駆け抜ける。

膀胱が押しあげられ、今にも爆ぜそうだ。

「アアァッ、おかしくなる……イクっ、イッちゃう！」

そう叫んだ時だった。

ペニスが穿つ媚肉の隙間から、ショロショロと液体が飛び散り、美咲は頬を引き攣《つ》らせた。

ピュッ、ピュッピュッ……ジョワワ……ッ!!

「ああっ、はああっ、そんな……」

「おおっ！」

驚く沼田が肉棒を引き抜く。

ジョワワ……ジョワワワワッ……！

あふれる液体は水鉄砲のように、勢いよく宙に緩やかな弧を描いた。

初めての体験だった。

熱風を突き抜けるような感覚と、体液が射出する衝撃に、美咲は驚愕の声をあげる。

「いやああっ」

勢いは止まらない、噴出した体液は瞬く間にシーツをびしゃびしゃに濡らした。

「すごい、美咲さん、潮吹いちゃいましたよ」

ジョロ……ジョオオ……。

「やああっ、ハアア……」

「いやあ、初めて見ました」

沼田は感極まったように呟いた。

信じられない思いで横たわる美咲だったが、絶頂の余韻と潮吹きの衝撃に浸りきっていた。

と思いきや、沼田はさらなる絶倫ぶりを見せつけた。

「さあ、最後にバックからハメてあげますよ」

「ええっ？　まだ……」

「その窓に手をついて、こちらにお尻を突き出して」

「ま、待ってください……私、もう……体が」

「どうせなら、裸になっちゃいましょうか。おっと、スカーフだけはそのままで」

ぐったりする美咲の制服を脱がせ、スカーフのみにすると、沼田は無理やり手を引き、窓ガラスに手をつかせた。

「おお、夜景より絶景だ。美脚といい、美尻といい、生きててよかった」

好色な眼差しが、ネオンを反射させる。

ハアハアと肩で息をする美咲がガラスに手を突き、尻をせりあげると、

「ますますギンギンになってきましたよ。ほおら」

熱い亀頭が再び押し当てられた。ぬめる粘液をまぶすように、ワレメをヌチャヌチャとすべらせてくる。

ググッと亀頭が叩きこまれた。

4

ズジュジュッ……ズブブッ……‼

「はあああぁああッ……」

背後から勢いよくペニスが膣路を貫いた。

太くて長い肉棒による強烈な圧迫に、美咲はガラスに手をついたまま、弓なりに体をのけ反らせる。

窓と言っても、大きさは床まであるガラス戸だ。

スカーフ一枚で貫かれる裸身が、周囲から丸見えのはずである。

「待ってください、ここからじゃ……見えてしまいます」

通りを隔てたビルには、ほぼ同じ高さにオフィスがある。残業中と思しきビジネスマンが忙しなく行き来するのが見えた。

いつ見られるともしれぬ恐怖に、美咲の体は硬直した。

「おお、さっきよりもっとキツく締まってきましたよ」

その緊張が膣路にも影響したのか、沼田は、打ちこみに勢いをつけた。

ズンッ、ズズズンッ——！

「アンッ……沼田さ……」

吐息でガラスが曇った。

意に反して、女肉は男根を喰い締めていく。

角度が変わり、子宮口に達するほど深く穿たれた肉の鉄槌が、美咲の情欲をさらに煽ってくる。

今にも崩れそうになる膝に力をこめ、ぐいと尻を突き出すと、猛る男根はいっそう恥肉にめりこんだ。

「アウウッ……クウッ！」

さんざん打ちこまれたにもかかわらず、欲望の炎は燃え盛る一方だった。夥《おびただ》しい蜜汁が噴き出した。快楽の戦慄が脳天まで駆け抜け、愉悦に染まる体がさらなる肉の刺激を欲している。

「いやらしいＣＡだ。ずっぽりとチンポを呑みこんで、ヨガリまくって」

湿った吐息とともに、美咲のうなじに彼の唇が押し当てられた。

「ああ……ダメ」

拒絶の言葉を口にするが、その口調はどこまでも甘く鼻にかかっている。

自分でも制御が効かぬほど、ただれた劣情がこの身を包んでいた。

ズンッ……ヌチャッ……！

再び、エネルギッシュな打ちこみが浴びせられる。

下からしゃくりあげるように膣肉を乱打すると、美咲もなかば無意識に尻を突き出し、ペニスをねだってしまう。

「はうッ……くうう」

初めこそネオン煌《きら》めく博多の街を茫洋と見ていた美咲だったが、我に返り、顔をそむけた。誰に見られるとも知れない。見られたら一巻の終わりだ。

が、顔をそむけながらも、獰猛さを増した沼田の連打を全身で受け入れてしまう。

蜜液はいっそう噴き出し、溶け流れ、律動のたびに淫猥な音色を奏でていた。

時おり周囲に目配りをしながらも、顔だけは見られまいと、必死に頭を伏せながら、浴びせられる快楽に酔い痴れた。

（アッ……）

ハイヒールを踏ん張り、チラリと視線をあげた際、恐れていたことが起こった。

ビジネスマンの一人が、美咲たちの真正面にある喫煙エリアに移動してきたのだ。

「ぬ、沼田さんッ、待って！」

ペニスをハメこまれた状態で、美咲は引き攣った声をあげた。

「どうしました？」

沼田は動きをスローダウンさせる。

「真正面に、人が……」

顔をそむけたまま告げる動揺に反し、彼は泰然とした様子で、汗ばむ双臀を引き寄せる。

「いいじゃないですか。せっかくだから、やつに見せつけてやりましょうよ」

「そ、そんな……」

「ほうら、美咲さんのオマ×コも嬉しいって、喰らいこんでますよ」

あざ笑うように、ズンと腰が打ち据えられた。

「ハアアアッ……」

「さあ、もっとヨガってください。東都航空の佐倉美咲は、こんなにエッチなんですよ～って」

より興奮が増したのか、沼田は力任せに美咲をガラスに押しつけた。

とっさに左の頬をガラスにつけたのは、社員たちのオフィスが、向かって左側にあったからだ。少しでも首を右後方に回せば、表情を見られることだけは回避できる。

「……ッ……痛い」

ギシッと窓ガラスが軋んだ。

暴虐的なペニスが女肉を責め立てるごとに、乳房がガラスで押し潰される。

「くうっ……沼田さ……ダメ……」

レイプにも似た強引さであった。しかし無情にも、美咲の体は肌熱を高め、さらなる膣の蠕動がペニスを膣深くへと引きずりこんでいく。

「おお、チンポがちぎれそうだ」

沼田は美咲の耳の後ろをぺろりと舐め、耳たぶを甘嚙みしてくる。

「ァ……アア」

「ああ、セクシーですよ。美咲さん」

凶暴な肉拳とは一転、耳元での囁きは蕩けるように甘やかで、子宮がキュン
……と絞られたように疼いた。

一方のビジネスマンは、煙草に火をつけ紫煙を吐いている。

見たところ、二十代半ばの青年だ。

窓外には目もくれず、スマートフォンをチェックしている。

予想外の展開に怯えながらも、美咲の体は火照り、幾千もの媚襞がペニスに絡みついていくのを感じていた。

パンッ……パンッ……パパパンッ――！

「くうっ……ハアッ」

ガラスに押しつけられたまま、美咲は時おり視線を流し、青年の動向を探る。

(気づかないで……お願い)

が、心は複雑だった。気づかれて困る反面、胸底はかつて味わったことのない

昂揚とスリルに満たされていた。もう一人の自分が、ギリギリの綱渡りを楽しんでいる。

美咲の逡巡を汲み取ったように、火柱のごとく猛り狂う雄肉が、容赦なく媚襞を貫いてくる。

声にならない悲鳴をあげながら、美咲は十七歳で処女を失った時のことを反芻していた。

——そう、処女を捧げた相手も、沼田のように冴えない容姿の先輩だった。告白されるまま付き合って、デートを重ね、キスをされて……。

しかし、痛みこそあったものの、すでに経験済みだった彼は、宝物でも扱うように大切に、時間をかけて美咲の心と体を解きほぐしてくれた。何度も愛と賞賛の言葉を繰り返す彼に抱かれ、自分は心底幸せな処女喪失を経験したのだと思ったものだ。

と、過去の思い出に耽溺していた思考が一気に現実に戻った。

正面にいる青年が、こちらに目を向けたのだ。

「イ……イヤッ、見ないで！」

男は煙草を咥えたまま驚きで固まっていたが、すぐにニヤリとして、再び煙草をくゆらせ始めた。

「おお、彼、気づいたようですね」

すかさず、沼田の両手が乳房をわし摑み、今までガラスに押し潰されていた膨らみを揉みしだき始める。

「アアンッ……イヤッ……」

美咲は必死に顔をそむける。ほつれた髪が濡れた頬にヒタ……と張りついた。

「体は嫌がっちゃいませんよ」

沼田は青年に見せつけるように、乳房を捏ね回し、乳首を摘まみあげる。

「クッ……くくっ」

青年は血走った視線を注いでくる。

「ほおら、乳首がカチカチだ。あそこからだと、きれいなピンクの乳首もはっきりと見えてるでしょうね」

「ヒッ……ゆ、許して……」

「そうそう、もっとヨガってくださいよ。美咲さんが嫌がるたびに、アソコがキュウキュウきつまってくるんです。スケベなCAには絶好のシチュエーションですね」

沼田はこれ見よがしに腰を使いだす。

「ほら、オマ×コが嬉しいってヨダレを流してますよ。どうせなら、この恥ずかしいオマメも見せてあげましょうね」

前側に回った沼田の右手が、美咲の陰毛を掻き分ける。

指は器用に合わせ目をめくりあげ、クリトリスを弄りだした。

「クッ……くうッ」

熱くとろけた媚肉を、冷気が嬲《なぶ》ってくる。

おそるおそる横目で見ると、青年が凝視している。真っ赤に剝けきった肉芽や、ペニスを咥えこんだ女陰を食い入るように見つめている。

「んんっ、くく……」

痛いほど下唇を嚙み締めた。

そむけた顔だけは見られていないことが、せめてもの救いだった。

顔さえ見られていなければ、自分だとわからぬという安易さがあったのは事実だ。

羞恥とそれを上回るスリルと歓喜に、美咲の体は混乱を極めた。

嫌なら逃げればいいのだ。この場で腕を振りほどき、沼田を押し退《の》ければいい。

しかし——できない。

「アアンッ……許して……」

か細い声で、そう囁くことがやっとだった。己の浅ましさに、首をぐいとねじり、さらに顔を後ろへとねじった。

沼田は乳房をひしゃげるほど揉みしだきながら、腰をグラインドさせる。

「そっぽ向いちゃダメですよ。きれいな顔を彼らに見せてあげてください」

彼ら——？

その声に、ほつれた髪の隙間から見据えると、目前のビルには、いつのまにか五～六名の男たちがこちらを覗いているではないか。

さすがに理性が蘇った。

「いやあっ、あああっ」

とっさに下を向き、窓辺から離れようと身を揺するも、

「おっと、逃がしませんよ」

沼田はガシリと腰を摑みながら、まるで子供でもあやすような猫なで声で諭してくる。

「ううっ、くううっ」

美咲は頬を引き攣らせた。

ガラス一枚隔てた向こうで、男たちが見つめている。ともすれば失神でもしそうな羞恥に身を焦がし、血潮を沸騰させる自分がいる。

「ほうら、ヒクヒクしてきた。思う存分イッてください」

肉ずれ音を響かせながら、荒々しい律動が送りこまれる。

「おおっ、締まるぞ、オオォオオオッ！」

沼田は渾身の連打を浴びせてくる。

「ヒッ……クウウッ」

貫かれるごとに、美咲の体は人形のように跳ねあがった。悲鳴とも喘ぎともつかぬ声が部屋中に響き渡ると同時に、痺れるような快楽が脊髄を走り抜ける。

生温かなザーメンが尻に噴きかけられたのは、その直後だった。


「ふう」

ベッドに倒れこんだ二人は、今までの激しさが嘘のような静寂な空間で、抱き締め合った。

「美咲さん……すまなかった。興奮して、つい……」

沼田は美咲の頬を撫でながら、詫びの言葉を口にする。

「でも……こんな充実したセックス、何年振りだろう」

しかし、その口調は充足感にあふれている。

「私も……すごく感じました。途中、本当に慌てたけれど」

沼田の手に手を重ね、美咲は恥じらうように彼を見つめる。

「僕は万年係長ですが、美咲さんのおかげで何だか若返った気がします。明日からの仕事への意欲が湧いてきました。ありがとう」

しみじみと言う沼田を見つめながら、美咲はそっと彼の頬にキスをする。

「沼田さん、あなたはきっと成功する人よ。自信を持って」

開け放たれたカーテンの向こうの夜空が、ひときわ澄んだ群青色に彩られていた。

第二章　濡れるTバック――千歳便

1

「きゃっ！」

紙コップに注がれたウーロン茶が乗客の股間に落下した。

「冷てえっ！」

「お、お客さま、申し訳ございません！」

二十五歳の中堅CA・野村理子は頬を引き攣らせた。

周囲から突き刺さる視線に、エキゾティックな美貌が、みるみる凍りついていく。

羽田―千歳間を飛ぶフライトのドリンクサービス中のことだ。

理子はすぐさま手にしたおしぼりを、濡れた股間と太腿にあてがった。

エプロン姿のままひざまずき、

「すみません、私ったら本当にドジで……」

何度も詫びの言葉を述べては、ゴシゴシとシミを拭っていく。

「いいよ、自分で拭くから」

男はおしぼりをを奪い取ろうとするが、

「いえ、私が」

理子は渡すまいと手に力をこめた。

男性は、無精ひげを生やした渋いイケメン。歳の頃は五十前後だろうか。デニムにハイネックセーター、ボア付きの革ジャンを羽織ったワイルド系の「チョイ悪オヤジ」ファッションだ。最も冷え込む二月の北海道に合わせての服装らしい。

ずばり、理子のタイプである。

搭乗時から理子のFカップ乳をチラ見する彼に狙いを定め、ハンターさながらに、見事お近づきの第一歩に踏みこんだというわけだ。

「あっ……お客さま」

思わず声をあげたのは、おしぼりを置いた股間がムクムクと盛りあがってきたからだった。その瞬間、彼の表情が、羞恥と困惑の入り混じった情けないものへと変わっていく。

ワイルドな印象とは一転、予想外のマゾっ気ぶりに、理子の中で言い知れないサディスティックな感情が湧き起こった。

（あん……いやん）

制服の下のTバックにトロリと熱い蜜が滴ってきた。濡れたパンティが女肉に食いこんで居心地が悪い。

お尻をもじつかせながら、

「すぐに戻りますので、少々お待ちを」

理子は立ちあがると、足早に後方ギャレーへと向かった。

カーテンの奥へ入るなり、スカートの上から食いこんだTバックを定位置に戻す。もどかしさを感じながら、胸の内ではエロティックな青写真を思い描いていた。

（うふふ、第一段階はOKね）

思わずガッツポーズをしてしまった。

（あとは二人っきりになりさえすれば、こっちのもの。意外とウブだったから、少し焦らしてみようかしら）

含み笑いもこぼれてしまう――そう、乗客とのアバンチュールこそが「セクシー・ハンター」と異名をとる理子のオンナを磨く手段の一つだ。

自分は、ラテンの血を引いているのかと思えるほどに、情熱的なワンナイトラブに闘志を燃やしてしまう。

「理子、どうしたの？　ニヤケちゃって」

不意に、先輩ＣＡの美咲が訊いてくる。

「あっ、いえ……先輩、いらしたんですか？」

ヒップを押さえながら口ごもる理子に、

「セクシーな理子先輩が、今日はいつにも増してエッチなお顔……」

おっとり口調で二十歳の新人ＣＡ・瀬戸清乃《せときよの》が話しかけてきた。田園調布生まれのご令嬢らしく、清楚なボブヘアに人形のように整った顔立ち。手足の細さとは裏腹に、ボディは若さあふれるムッチリ系で、いまだ処女との噂もある。

「もしかして、飲み物のリクエスト？」

美咲が訊ねると、

「でしたら、わたくしが行ってきましょうか？　理子先輩は、休憩しててくださ い」

理子の企みなど知るはずもなく、清乃はぷるんとしたサクランボのような唇を艶《つや》めかせる。

「い、いいえ。大丈夫よ」

言葉を濁しながら、理子は棚にある予備のタオルとシミ抜きキットをガサゴソとまさぐった。

「もしかして、理子――あなた、また好みのお客さまに、わざと飲み物を引っかけたんじゃないでしょうね」

理子の色じかけを見透かしたように、美咲が訝《いぶか》しげな視線を送ってくる。

「ち、違います！」

「この前も、気に入ったお客さまにちょっかい出してたでしょう。しかもカーテンの陰でキスまで……」

「まあ、理子先輩ったらそうやって殿方とお近づきになっていたんですか？　羨ましい」

「こら、清乃までなんてこと言うの」

あっさりと見透かされてしまい、理子は返事に窮する。

二人の視線を振り切るように深呼吸をし、ニッコリ微笑んだ。

「ちょっと忘れ物を取りに来ただけです。キャビンは異状ありませんので、ご心配なく」

「嘘じゃないでしょうね？」

「ええ。では、仕事に戻りますね」

愛想笑いをし、乗客の元へ向かった。


「お客さま、先ほどは申し訳ございません」

深々と頭をさげて、ハッとなる。

（あん、もう……）

直したばかりのTバックが、再び食いこんできたのだ。

「いや、問題ないよ。君がすぐに対処してくれたおかげでもう大丈夫だ」

チョイ悪オヤジは、勃起のことなどなかったかのように、わざと平静を装っている。その取り繕った態度が、理子の「男を翻弄させたい嗜虐《しぎゃく》性」にいっそう火をつけた。

「いいえ、お客さま」

理子はしゃがみこんだ。

幸いにも周囲の客は寝入ったり、雑誌を読んだりと、こちらに意識を向けてい

る様子はない。しめしめ、と彼の耳元に唇を寄せ、

「一応、シミ抜きキットをお持ちしましたので、化粧室で私が処置をさせていただきます」

そっと囁いた。

「シミ抜き？　いやあ、場所が場所だけに……それは遠慮しとくよ」

彼も小声で告げてくる。

「いいえ、クリーニングクーポンの発行の件もありますし、どうぞお化粧室へ。さあ」

手を引いて男を立ちあがらせると、困惑する彼を半ば強引に個室へと押しこんだ。

ガチャリ——理子が鍵を閉めると、化粧室内は淡い照明が点灯した。

最奥のトイレは機内で最も広く、二人でも入れるのだ。エンジン音が大きく鳴り響いているが、それも好都合なうえ、まぎれもなく密室である。

「さあ、お座りください」

「いや……君ねえ」

抵抗しつつも、彼は素直に便座の蓋に腰をおろした。

素早く理子もひざまずいて、股間を凝視する。

「よかったわ、デニムの汚れはほぼ落ちていますね」

「だろう？　もういいよ」

「いいえ、念のため、下着もご確認させてください」

てきぱきとベルトを外していく。

「お、おいおい」

「ご心配なく。確認だけですから」

ファスナーをさげると、ペニスがもっこりとグレーのブリーフを突きあげている。

すかさず、布ごしの勃起を手で包みこんだ。

「おおっ……」

そのまま硬さを確かめるように、ムニムニ力をこめると、頼もしい弾力が指腹を押し返してくる。

「すごい、硬いわ」

理子は勃起の輪郭を上下にさすりあげる。

「くっ……」

しごくたび、男は表情をだらしなく緩め、くぐもった喘ぎを漏らした。

「このシミはウーロン茶じゃないわ。どうやら別のもののようですね」

うふふと鼻で笑いながらこする力を強めると、先端から湧き出す汁が、ますます濃いシミを広げていく。

「く……君、いったい……」

男が歯を食いしばったところで、さっと手を離した。

「では、ベルトを締めて、お席へお戻りください」

「はあ……？」

しばしの沈黙があった。彼は落胆の色を隠さない。欲望をお預けにされた喪失感に、請うような眼差しを向けてくる。

「お客さま、まだ、なにか？」

「いや……その……一応、最後まで確認してくれないかな」

「最後までって……もうウーロン茶のシミが無いことは確認できましたので」

理子は努めて事務的に返す。

「いやぁ……パンツの中まで汚れてるってこともあるだろう？」

なんともマヌケな理由で哀願してくる彼に、内心笑ってしまう。

「では、ご自分でズボンとパンツをおろしてくださいます？」

わざと冷たく言い放った。高圧的になるほどに、Tバックが食いこむ理子のワレメに媚蜜が滲んでくる。

「ああ、わ、わかったよ」

彼は昂揚した面持ちで、立ちあがった。

デニムごと一気に下着をおろすと、理子の眼前で勢いよくペニスが飛び出した。

「あらまあ」

理子は大仰に声をあげる。

濃い陰毛から伸びたペニスは、年に似合わぬほど急角度に反り返っている。

怒張の長さは普通だが、太さがあった。

カリが異常に張り出して、昔マンガで見たキノコ大魔王のようで、思わず吹きだしてしまいそうになる。

「生意気なオチンチンですこと。黒光りする色艶といい、カリ太の形状といい、かなりいいセンいってますすね」

優しく囁きながら、ふううっと息を吹きかける。

「あうう」

男は低く唸り、再びペニスを小刻みに震わせた。

理子はもう一度、熱い息を吹きかける。

「くっ……ＣＡさん、いじめないでくださいよ」

もじもじしながら便座にすわっている彼に、

「もう、こんなにおっ勃《た》てちゃって」

呆れたように言うと、さらに膨張したペニスの尿道口から、透明な汁が噴き出した。

「やだ、恥ずかしい汁がまた……こうしてやる」

言うなり、根元を握ってパックリと咥えこんだ。

「おおっ……おおおっ」

突然のフェラチオに、男は全身を震わせた。舌を絡め、内頬を密着させて男根を吸いあげるごとに、塩気の強いカウパーが口いっぱいに広がっていく。

「ああ、まさかこんなこと……」

ぷるぷると太腿を痙攣させては、感嘆の唸りをあげ続ける。

やがて、大きな手がエプロンごしに乳房に伸びてきた。

「ンン……」

理子がジュル……と根元まで咥えこむと、モミモミ膨らみをまさぐってくる。

荒々しく捏ねる力に眉根を寄せていると、口内の勃起がさらにドクンと脈動した。

「クウッ……お客ひゃまのオヒンヒン……硬くて苦ひい……」

喉奥までペニスを頬張りつつ、男を見据えた。

額に汗を光らせ、小鼻を膨らませた彼も、血走った眼差しを向けてくる。

ジュポッ……チュパパッ……。

フェラ顔を見つめたまま、彼はエプロンの横から手をくぐらせ、ボタンを外し始めた。

「ンン……ンンッ」

チロチロと裏スジを責めながらも、理子は挑むような視線を送り続ける。

ブラウスがはだけた。パープルのブラジャーに包まれたたわわな乳房があらわになると、ブラを引きさげ、ぷるんとこぼれたFカップ乳がわし摑まれた。

「くう、なんてエロい乳してるんだ」

エプロンからハミ出す釣鐘型の横チチが揉みしだかれる。

「はう……クフン」

乳首がクニクニと摘まれ、理子はペニスを咥えたまま、甘く鼻を鳴らしてしまう。

乳頭をくじる巧みな手指へのお返しとばかりに、ジュポジュポと首を打ち振っていく。剝けきった肉筒の根元を握り締め、頬をすぼめながら、情熱的なバキュームを浴びせた。

2

ジュズズッ……チュババッ……。

「おおっ、そんなに吸われたら……」

「うふ……出ちゃいます？」

エプロンからハミ出るFカップ乳を弄られながら、理子は亀頭のくびれにぐるりと舌を巻きつかせた。

負けじと男も、理子の乳首を摘まんでは、ねちっこくひねり潰してくる。

「あん……そんなにされちゃうと、私もガマンできない……」

甘美な痺れが、乳頭から子宮へとおりてくる。汗ばむ手指は、強弱をつけながらしこる乳首をなおもクリクリとつねりあげた。

「ハウ……ンンッ」

指の動きに呼応するように、理子は急角度に反り返る肉胴をさらに喉奥深くまで咥えこむと、再び内頬を密着させ、バキュームフェラで追い詰めていく。

「くうう、フライト中にＣＡさんのフェラチオなんて、ＡＶでも滅多に遭遇しないよ」

「ンン……ＣＡさんじゃなくて、理子って呼んで」

鼻にかかった甘い声を漏らす。

「理子ちゃんて言うのか……ハァ、このままクチでイッてもいいかい？」

男は耐えきれないとばかりに、腰を突きあげてきた。

ズジュッ……ズジュジュッ……！

「アン……ハアン……」

頬がぽっこりと亀頭の形に膨らんだ。

たっぷり溜めた唾液を潤滑油に、理子は首の打ち振りを速めていく。

強烈な吸引と手シゴキに加え、巻きつけた舌を激しくくねらせた。

「ン、ン、ンンッ……」

エンジン音の響く化粧室内は、二人の湿った喘ぎと、むせ返るような淫臭が充満していた。

（あん……アソコが熱い）

咥えながら、理子は尻をもじつかせた。タイトスカートの中もムレムレだ。愛蜜を吸ったTバックがさらに食いこみを増し、ストッキングに染みていく。

「くうう……ダメだ、出そうだ」

限界を告げる声が放たれた瞬間、理子は呆気なくペニスを吐き出した。

「ダ～メ、お楽しみはこれからよ」

唾液を拭《ぬぐ》い、薄笑みのまま立ちあがった。

男の眼前でじりじりとスカートをまくると、血走った双眸《そうぼう》が紺の極薄ストッキングに包まれた太腿に向けられる。

（私も興奮しちゃう……）

食いこみの激しいTバックのパンティがあらわになった。パンティは、ブラとおそろいのパープル。フロント部分も際どいハイレグカットの薄いレースになっている。

「どう？　お気に召したかしら」

理子は中指で誘うようにパンストの上から柔肉を撫でつけた。

「ハァ……最高だよ」

彼は鼻息を荒らげ、魅惑の股間とハミ乳を見入っている。

「この先も、見たい？」

「ここまでされて断る男なんていないよ」

「よかったわ。フライトが忙しくて、私、欲求不満なの」

そのままくるりと洗面台に手をついて、尻を突き出した。

「アソコも、もうぐっしょりよ」

プリプリと尻を振り立てると、Tバックがぴっちり食いこむ卑猥なワレメに、熱視線が突き刺さってくる。

「ああ……理子ちゃん」

声を裏返らせる男の勃起をチラリと見た。フェラチオを中断されたせいで、いっそう先汁を噴き出し、反り返っている。

——まだまだ焦らしちゃうわよ。

「早く……ストッキングを脱がせて」

「え？　本当にいいのかい。フライト中だぞ」

「かまわないわ、だから早くぅ」

彼がそろそろとストッキングを引きおろすと、肉づきのいいヒップがぷりんと剝きだしになった。

「おお、絶景だ」

男が感嘆の声をあげる。彼の目には、後ろで結ばれたエプロンのリボンと、愛蜜に濡れるTバックの美尻が映っているはずだ。

「見られてると思うと、もっと濡れてきちゃう」

恍惚に包まれながら理子がヒップを揺すると、男は息を弾ませながら、張りつめた尻肉をひしと摑んだ。ムギュムギュと脂肪の厚みと弾力を確かめるように揉み捏ねつつ、尻丘を左右に開いていく。

「あ……ンンッ」

「おお、Tバックからマンビラがはみ出した」

「んん……アンンッ」

ここで男は思わぬ行為に出た。

Tバックの後ろを引っ張りあげ、クイクイとさらに食いこませたのだ。

「ヒッ、アアァン」

理子はくぐもった声をあげた。くなくなと尻を揺さぶるが、桃割れを圧迫する繊維の摩擦が、濡れ疼く女の粘膜に心地いい。

「ンンッ……ダメよ」

「でも、ここはイヤがってないぞ」

「焦れったいわ、いっそ全部脱がして」

もどかしげにヒップをくねらせる理子に、男はやっとTバックの端に手をかけ、太腿までおろした。

「っふう……」

蜜まみれの粘膜を、冷気が嬲ってくる。

ヒクつく柔肉に熱い吐息がかかった直後、生温かな舌先が、媚裂をなぞりあげてきた。

「う……いきなりなんだから」

「むうう、我慢できないよ。理子ちゃんのオマ×コもトロトロだ」

フガフガと鼻を鳴らしては、ねっとりと舐めしゃぶる舌づかいに、理子の女襞が小刻みに震える。

男はワレメに顔を押しこんだまま、なおも懸命に舌を躍らせてくる。

「あっ……ハァ……」

洗面台の鏡には、クンニリングスに艶めく理子の顔が映し出されている。

「ハア……アアンッ」

女園がとろけていく。

子宮からあふれる熱い塊が膣路を伝い、内腿を濡らした。執拗な吸引と甘噛みに、血液が沸騰しそうだ。キャビンとドア一枚隔てた個室で淫らな行為に耽るスリルが、いっそう火に油を注いでいく。

チュッ……ニチャッ……。

「ハァンン……気持ちいい」

蠢く舌がアヌスにかかった時だった。

ピンポーン――！

シートベルトのサインが点灯した。

「あっ、大変」

「なんだ？」

「ベルト着用のサインよ。もうすぐ着陸だわ」

「ど、どうすりゃいいんだ？」

そう言いながらも、男の舌はヌルリとアヌスを貫いてくる。

「あ……あん、一時中断よ」

「ここまできて、やめさせる気か？　理子ちゃんだってこんなに……」

淫裂に舌を這わせつつ、愛蜜を啜りあげる。

「ご、ごめんなさい。とにかく今はダメ。私たちはこのまま千歳ステイよ。このあと、時間はあるかしら？」

あふれる恥液を滴らせながら、理子は慌ててパンティをあげた。

「風見《かざみ》さん、お待ちどうさま」

「おお、見違えたよ。制服もいいけど、私服の理子ちゃんもセクシーだな」

「うふふ」

理子は髪をおろし、ミニスカートに白いファーコート姿で、助手席に乗りこんだ。

ミニ丈のタイトスカートは、座れば軽く膝上二十センチほどまでずりあがる。

「さて、これから雪見風呂といきますか」

チラリと太腿に視線を流し、風見は車を発進させた。

時刻は夕方の四時。粉雪の舞い始めた空は、天使の羽が降り注ぐようにロマンティックだ。

フライトを終えた理子たちＣＡは、空港隣接のホテルにチェックインすると、明日の午後まで自由時間なのだ。

皆に知られぬよう、理子はこっそりホテルを抜け出した。

彼——五十二歳の風見浩太《こうた》は、フリーのカメラマンをしている。

今回は千歳からほど近い、支笏湖《しこつこ》畔の温泉宿「Ｍ亭」の取材らしい。

「ここんとこ不景気でさ、取材費はあまりおりないんだけど、一応、美肌の湯で有名な温泉旅館なんだよ。あっ、すでに美人の理子ちゃんには関係ないね」

「お上手ね、風見さん」

「以前も来たけど最高だよ。露天風呂の前には支笏湖がどーんと広がってる」

風見は軽快にハンドルを切る。

「楽しみだわ」

「風呂は貸切だ。さっきの続きがたっぷりできる」

風見は理子の手を取り、股間に導いた。

「もう……すぐモッコリさせるんだから」

理子は膨らみをモミモミとさする。

「理子ちゃんのせいさ。君みたいな美人CAが、あそこまでスケベだなんて知ったら、世の男どもは喜ぶだろうな」

「じゃあ、もっとエッチになっちゃおうかしら」

素早くファスナーをおろし、下着の中から猛る勃起を取り出した。

反り返る肉棒をキュッと握ると、

「うう……温泉まで我慢できないよ」

「だめよ。まだお預け」

言いながら、屹立をゆっくりとしごき始める。

「くう、理子ちゃんって女王様気質だね」

「私たち相性いいわね。風見さんはMっ気があるもの」

「ねえ、ちょとだけドラフェラしてくれないか？」

「ドラフェラ？」

「ドライブ中のフェラチオだよ。略してドラフェラ」

「まあ、事故でも起こしたら大変よ」

「じゃあ、ひと舐めだけ」

風見は理子の髪を撫でながら、そのまま股間へと導いていく。

「あん……強引なんだから」

呆れながらも、つるりとした亀頭に唇を寄せ、すっぽり呑みこんでいく。

「ほおおお……たまらん」

双頬をすぼめ、チュッと吸い立てた。

逆立つ陰毛に鼻をうずめながら、舌を絡めていく。

ズチュッ……ズチュチュッ……。

「くううう」

「運転……気をつけてね」

「わかった。ハァア……」

理子はキュッとあがった陰嚢《いんのう》を揉みしだきながら、ジュポジュポと首を上下させる。

車は一路、温泉へとスピードをあげた。

3

「理子ちゃん、いいお湯だよ」

立ち昇る湯けむりの中、粉雪のチラつく露天風呂に身を沈める風見の姿が、淡く灯るランプに浮かびあがる。

「風見さん、お待たせ」

髪をまとめ、バスタオルをまとった理子が、風呂に続く石階段をおりていくと、眼前に雄大な支笏湖が広がった。

対岸には、標高一一〇三メートルの風不死岳《ふっぷしだけ》の黒い山影も見える。

「こんなステキな場所で雪見風呂なんて……すごくぜいたくね」

しばし、寒さを忘れて見入る理子だった。湯けむりとともに、白い吐息が闇にまぎれていく。

「支笏湖は透明度の高さでも有名なんだよ。最大水深が三六〇メートルもあって、ダイビングもできるんだ」

風見は振り向かずに告げてくる。

「さすがカメラマン、詳しいわね」

そう明るい声で返答するが、岩風呂に近づくにつれ、理子の歩みはおぼつかない。

機内では勢いもあったが、ふと冷静になると後悔半分、期待が半分。振り子のように揺れている。

乗客と温泉に来たことなど初めてだ。いくら「セクシーハンター」と自負しているものの、ノリで来てしまった自分に、わずかな後ろめたさは否めない。

しかし——

（そうよ、こんなロマンティックな場所だもの。いつも以上に大胆になってもいいわよね）

やはり自分はハンターなのだと、無理やり納得することで落ち着いた。

創業七十年のM亭の露天風呂は、浴場と湖を岩場で隔てただけの野趣あふれる造りが人気の一つで、一年を通して旅行客が絶えないという。

旅館内は、カップルや家族連れでにぎわっていた。

「秘湯ムード満点だろう？　ほら、早く入らないと風邪ひくよ」

無色透明の湯に浸かる風見の背後に来た時、彼が初めて振り返った。

「おっ、色っぽい」

スラリと伸びた足元から続く太腿に、目を丸くする。

「ふふ……そんなに見つめないで」

理子はバスタオルの合わせ目を、わざときつめにする。

「本当だよ。この絶景よりも理子ちゃんのほうが百倍魅力的だ。恥ずかしがってないで、早く入りなよ。風邪ひいちゃうぞ」

岩風呂の淵まできても、なかなかバスタオルを取らない理子に、風見が促してくる。

「ええ……」

フェラチオまでしたとはいえ、あの時はムードに流されてしまった。

(今さっき心を決めたばかりなのに、ダメね……私ったら)

しかし、風見の一言が背中を押してくれる。

「大丈夫、もうすっかり日も暮れたし、せっかくの貸切風呂だ、今夜は楽しまなきゃ損さ」

言われてみればそうだ。

意を決して、理子はバスタオルを取った。

ぷるんとFカップの乳房が揺れ弾み、風見がハッと目を見開く。

豊かな乳房から続く腰のくびれ、そして急激に張り出した丸々としたヒップ

——ワレメを覆う逆三角の恥毛が、彼の目に映っているだろう。

乳房とヘアを隠しつつ、かけ湯をして、そろそろと湯に浸かった。

肩まで沈めると、

「ああ、極楽……」

心からのため息が漏れてくる。

「さっきも言ったけど、ここのお湯は保湿効果もバツグンの美肌の湯だよ。理子ちゃん、ますます美人になっちゃうな」

情緒あふれる雪景色とまろみある湯、まるで大自然に抱かれているようだ。

岩に背を預けて目を閉じれば、フライトでの疲労がふわっと和らぐ気がする。

「ああ、気持ちよすぎて、このまま寝ちゃいそう」

と、その時、胸元になにか触れた。目を開けると、いつの間にか隣に来た風見の手が乳房を揉んでいるのだった。

「あん……まだ、だめ」

「こんな魅力的な女と温泉にいるんだ、文句なら俺の手に直接言ってくれ」

乳房を捏ねながら、寄り添う彼の勃起が理子の太腿に押し当てられた。

「んん……手だけじゃないのね、ムスコも暴れん坊」

「たまんないよ、このオッパイ。理子ちゃんだって早く吸われたいだろう？」

「ん……まだ……よ」

しかし、風見は強引だった。逃げようと身をよじる理子の体を向き直らせ、ツンと起つ乳首に唇をかぶせてくる。

「あっ……」

大きな手が両脇から膨らみを寄せあげた。

湯面にぷっくりと顔を覗かせたのは、パパイアのように熟れた二つの膨らみ。

濡れ光る充実した双乳が、ランプの灯に照らし出された。

「最高のオッパイだ。形もいいし、乳首の色もキレイだし、なによりこの弾力——」

風見は谷間に顔をうずめては頰ずりし、乳輪ごと乳首を舐めしゃぶってくる。

チュパッ……チュパッという唾液の音が、湯音に混じって静謐《せいひつ》さを際立たせた。

「あん……気持ちいい……」

肩を震わせた。太腿の奥から蕩ける蜜が湧き出で、子宮がじくじくと啼いている。

「巨乳は感度が悪いって聞いたけど、うそだね。こんなにピンピンに乳首が立ってる」

突起を軽く嚙まれると、

「あう……」

理子は風見の首に腕を回し、胸をせりあげた。たわわな双乳が揺れるごとに、湯面がちゃぷちゃぷと飛沫をあげている。

「ハァ……気持ちいい。今度は私の番よ、前に立って」

湯中の石段に腰掛けると、真正面に風見を立たせた。

「ギンギンね……興奮しちゃう」

真っ赤なペニスが反り返り、湯を滴らせている。北国の秘湯は淫靡なムードを醸し出し、理子は自然と思うまま欲情に身を委ねることができた。

量感ある乳房をすくい、キュッとペニスをはさみあげた。

「おおっ」

「うふふ、どう?」

ムギュッと力をこめると、豊乳の谷間から充血した亀頭が苦しそうに顔を覗かせた。

そのまま、胸の膨らみで揉みくちゃにしていく。

ジャポッ、チャププッ……。

「おお、パイズリなんて久しぶりだよ」

「ンンッ……もっと気持ちいいコトしてあげる」

心地よい圧迫でグニグニと男根を締めあげては、乳首をカリにこすりつける。弾力に富んだFカップに圧し揉まれた屹立《きつりつ》は、青スジを浮き立たせ、ますます硬さを増していった。

「くう、見てるだけで興奮するよ。この窮屈さがたまらない。出ちゃいそうだ」

絞るような声を出した彼は、もう耐えきれないとばかりに、冬空に大きく息を吐いた。

「まだ、イッちゃだめよ」

先ほどより強くしごいていく。

「うう、理子ちゃん……ハァ」

情けない声で懇願する風見を見あげながら、理子は蠱惑的な笑みを向けた。

直後、口中でもごもごと唾液を溜めると、ツツーッと亀頭めがけて垂らしてみる。

「おお……」

ツツー、ツツーッと、唾液の糸が亀頭を濡らし尿道に命中させると、透明なカウパー汁が唾液ごとドクンとあふれ出た。

「ああ……ん、なんていやらしいの」

その光景に理子もうっとりと吐息をつく。

もはや、恥じらいも遠慮もかなぐり捨てて亀頭をパックリと咥えた。

「おお、おおお」

「ハアン……ハフン……」

乳房と口腔粘膜のダブル攻撃でペニスを圧迫し、肉棒に舌を絡めていく。

カリ裏をこそげ、下唇で弾きとばしては、尿道口に舌先を差しこんだ。

繊細な尿道口をチロチロねぶると、

「あふっ、くう」

風見はビクンと腰を震わせる。

「ふふ、オチンチンが苦しいって言ってる」

「クッ……もういいだろう、フライト中から散々焦らされたんだ。ここで一発クチに出させてくれよ」

「だ～め。まだお預けよ」

ムギュムギュと捏ね回し、焦らしきったあと、理子はさっと風呂の縁に腰かけた。

じりじりと太腿を広げながら、

「今度は風見さんの番よ。たっぷり舐めてね」

ランプの灯を反射する、茹った肉の花を晒した。

「おお、フライト中にはちゃんと見られなかった理子ちゃんのオマ×コ」

風見の目が爛々と好色な光を放ちだす。

「うんとエッチに舐めて……」

言いながら、指で濡れた秘唇をV字に広げた。

「私のアソコ……どう?」

「ハァ、大きめのビラビラがいやらしいよ。このヌメリはお湯じゃないな。理子ちゃんのスケベ汁がドクドク噴き出してくる。クリトリスもピンコ立ちだ」

押し当てた彼の鼻先が、肉芽を刺激した。

「ハウウッ……」

クニクニとこすりつけながら、風見は親指を花弁にあてがい、舌先で秘粘膜をツプリと差し貫く。

「くッ……ンン……」

スリットをなぞられると、震える太腿が自然と開いていく。

「すごいよ……大洪水だ。啜っても啜ってもあふれてくる」

充血した花びらをチュッと吸っては、舌先でクリを転がし、恥肉を掘り起こされる。

「く……くう……ダメよ、そんなにしちゃ……」

繊細なクンニリングスに、理子は後ろ手をついたまま、雪空に快楽の唸りをあげた。

いつしか夜のとばりがおり、湖は漆黒の闇と溶け合っている。

降りしきる雪の白さが、瞑《つむ》った瞳の奥に刻まれた。

チュバッ……チュチュッ……。

「も、もう限界……」

「そろそろ入れてほしいかい？」

「ええ……早く、奥までいっぱい」

「このままじゃ風邪をひく。さあ、中においで」

湯の中に入った理子は、風呂の縁に手をかけ、尻を突き出した。

「風見さん、早く……」

うっとり告げると、嬉々として風見が尻を引き寄せてくる。

ワレメに亀頭を押しつけ、数回すべらせると、狙いを定めてズブズブッ……と肉棒が勢いよく挿入された。

「ハアッ……ヒ……ウッ」

刺し貫く男根とともに流れこむ湯の圧迫に、理子の肢体は大きくのけ反った。

「くうう、きついぞ」

さらにグッとペニスをめりこませてくる。

「ハァ……いいわ……たまんない」

理子が甲高く叫んだ直後、今までとは一転、風見はエネルギッシュに乱打してくるではないか。

「アッ、アアッ……すごい……ッ！」

理子も風見に合わせ腰を振り立てる。

「もっと突いて、突きまくってッ」

「ううう、理子ちゃんは欲張りな女だなあ」

言いながら、なおも渾身の乱打を見舞ってくる。

「そうよ、私は欲深くて淫乱なＣＡなの。風見さんにもっと狂わせてほしいの」

そう自ら腰をくねらせる。

「アアンッ……奥まできてる……もっと……もっとよ……壊れるほど突いて！」

「クウッ、なんてCAだ。ちくしょう、よーし、ザーメンたっぷり注いでやる」

「アアッ……」

「クウウッ、もうだめだ。出すぞ、おおうッ……おおおおッ！」

「ヒッ、アアァアア……！」

ぐっと尻を引き寄せられると、理子の膣奥で熱い脈動が刻まれた。

「ああんっ……」

子宮口付近で噴射された男のエキスを受けながら、理子は早くも二回目に思いを馳せていた。

4

「ハァ……イッちゃった」

理子は岩風呂に身を預けたまま、大きく吐息をついた。

花芯はトクトクと脈打ち、薄靄《うすもや》がかかったように頭も混濁したまま。

全身が絶頂の余韻に包まれている。

「ふう、理子ちゃんはセックスも激しいなあ。こんなに頑張って腰振ったの、久しぶりだよ」

射精を終えた風見は、満足げに笑った。

「ン……私もまだアソコがジンジンしてる」

心地いい疲労感が全身に広がっていた。

漆黒の空と湖。粉雪混じりの湯けむりが、ランプの淡い灯りを受け、幻想的な光景を浮かびあがらせている。

人心地つくと、ロマンティックな思いを断ち切るように、理子は風見の股間に手を伸ばした。

「風見さん、けっこうエネルギッシュなのね。見直しちゃったわ」

蠱惑的な笑みを向け、萎んだペニスを握ると、

「おい、五十路の男にはこれ以上は無理だぞ」

彼はとっさに腰を引く。

「そんなことないわ。これならあと二回はできそうよ。ほら、ムクムクしてきた」

揉みしだく手の中で、男根は次第に嵩を増してくる。

「勘弁してくれ。もう精力使い果たしてグッタリだよ」

「心配しないで。今度は私が上になるわ」

理子は岩風呂の隣に併設された「寝湯」に風見を横たわらせた。

「これなら寒くないでしょう?」

「理子ちゃんのほうが風邪ひくんじゃないか?」

「大丈夫よ、今から寒さなんて感じないほど、ハッスルしちゃうんだから」

そう言うなり、彼の顔にまたがり、シックスナインの体勢を取った。

「り、理子ちゃん……」

呆気にとられる風見の眼前で、理子は尻をぷりぷりと揺する。

「見て。さっき風見さんにたっぷり突きまくられたア・ソ・コ」

「う……」

「中出しされたザーメンは、きちんと洗い流したから、しっかり舐めてね」

理子はペニスの根元を握り、ゆっくりとしごき始める。

「あう……だ、だめだよ」

「ふふ、そうは言ってもムスコは嬉しそうよ。カウパーがドクドク出てきた」

剝けきった亀頭は、真っ赤に張りつめていた。裏スジやカリ首に指を絡め、包皮を亀頭冠にぶつけるようにこすると、肉の棒がさらに硬さを強めてきた。

ズニュッ、ズニュッ……。

「クッ……くうう」

「ほおら、カチカチ」

理子は身を屈め、亀頭にふううっと息を吹きかけた。

「ううッ」

「ふふ、正直ね。おシルをこんなに垂らして」

理子は、噴き出す液をチュッと啜った。そのまま先端に舌を這わせ、パックリと咥えこむ。

「くううッ……」

双頬をすぼめながら、なおもズブズブと呑みこんでいく。

「うう、理子ちゃん……」

「早くぅ、風見ふぁんも舐めて……」

理子は徐々に首の打ち振りを速めた。

ジュポジュポと咥えこむごとに、目の下が紅潮するのがわかる。

こみあげる甘い陶酔が子宮をジュン……と痺れさせ、メスの本能がますます剝きだしになっていく。

風見は摑んだ尻をグッと引き寄せてきた。

ワレメにかかる熱い吐息が肉ビラを震わせる。

次の瞬間、生温かな舌先が女の媚肉をなぞりあげた。

チユパッ……ピチャピチャ……。

「ハァ……気持ちいい」

甘い電流が背筋を這いあがっていく。

「すごい……おもらししたみたいにあふれてくるよ」

湯音に混じり、卑猥な唾音が響いてくる。理子はペニスを頬張ったまま、悩ましげに尻をくねらせた。情熱的なバキュームフェラと連鎖するように、淫肉に割入る風見の舌が蠢き、粘膜を掻きこすってくる。

「っ……ああ……いいわ」

ジュポッ、ズジュジュッ……

「んんッ……もう待てない……欲しいの」

ペニスを握り締めたまま振り返り、風見を見据えた。

「いや、無理だって。途中で萎《な》えても怒るなよ」

「大丈夫、こんなにギンギンなんだもの」

そう言って身をひるがえすと、理子はあっという間に騎乗位の体勢をとる。

「いい眺めでしょう？　オッパイは下から見るのが一番よ」

両手で双乳をすくいあげ、砲弾型にせり出した自慢のFカップを揺すって挑発すると、

「たまんないよ。形もいいし写真に収めたいくらいだ。へへっ」

乳房に手を伸ばした風見よりも一瞬早く、理子は彼の乳首をギュッとひねる。

「痛ててッ」

「ふふ、乳首も勃起してる。痛みと快感は紙一重っていうものね」

理子は瞳を輝かせながら乳首をクリクリと責めたてた。小豆色の乳頭をひねり潰すと、まんざらでもない様子で、風見も興奮に目を血走らせる。

「理子ちゃんみたいに美人でスケベなＣＡに弄ばれるとは本望だ。俺は喜んでオモチャ、いや奴隷になるぞ」

「じゃあ、自分が犯されるところ、しっかり目に焼きつけて」

太腿をＭ字に開くと、理子は濡れた恥毛を掻き分け、女の花を剝きだしにした。

「おお……」

風見の視線が充血した淫肉に注がれる。

猛り立つ肉棒をしっかり握り締め、愛蜜で蕩ける秘口に亀頭をあてがった。

数回ネチャネチャとすべらせ、互いの液を馴染ませると、じりじりと腰を落としていく。

「あ……感じちゃう……。挿入の直前って一番興奮するの。んんっ、あと少しで入るわ……」

花びらをめくり、カリの半分まで沈みこませると、そのままズブッ、ズブズブズブッ……と一気にハメこんだ。

「おおっ、おお」

「ハァ……すごい……」

硬化したペニスは真っ直ぐに理子の体を貫いた。

先ほど射精したのが信じられないほど、風見はタフだった。五十代とは思えない、硬く反りかえった剛棒で女の泥濘をえぐり立ててくる。

充分に肉を馴染ませると、理子は腰を使いだした。ズブリと尻を落とし、ゆっくりと引きあげては、再びズブリと沈めていく。

「ハァ……ンン……いいわ。カリのくびれがフィットしてたまらない」

「うう、ちょっと待ってくれ、チンポが折れそうだ」

「ダメよ、風見さんは私の奴隷なの。たっぷりと悦ばせて」

ズブズブと腰を落とすごとに、湯飛沫が飛んだ。歯を食いしばる風見を見るたび、サディスティックな感情が芽生えてくる。

高まる欲情に急きたてられ、理子は腰を激しく振る。

ジュポッ、ジュポポポッ……!!

「アァ……鳥肌が立っちゃう……」

理子は背を反らし、体を貫く甘美な摩擦と圧迫に身を投げ出した。

乳房が弾むたび、風見の視線が突き刺さり、興奮に身が焦がされそうだ。

「どの角度から見てもエロい体だな。アソコの締まりも抜群だ……うう、ヤバいぞ。そろそろ限界だ」

声を裏返らせる風見と、降りしきる雪の情景が、理子をさらに淫蕩な女にしていた。

「まだイッちゃだめよ。ほうら見て。風見さんのオチンチンがズブズブ呑みこまれてく……ハァッ」

理子はわざと速度を落とし、ずっぽりと肉棒を咥えこむ羊紅色のヌメリを見せつけた。

グチョッ……グチュッ……。

「くう……まさに眼福《がんぷく》だな」

唸りながらも、彼の目は交わりをしっかりと凝視する。

湯けむりに見え隠れする結合部が、秘湯でのまぐわいを実感させ、いつも以上に燃えあがってしまう。

「ハァ、ハァ、もう……イキそう」

媚肉が引き攣れた。男根がめりこむ膣襞は、呆れるほどみっちりペニスに絡みつき、奥へ奥へと引きずりこんでいく。

腰をしゃくるように振りまくるタイミングに、風見も下から勢いよく突きあげた。

「アアンッ……気持ちいい」

思わず叫んでいた。岩に反響した声が、漆黒の彼方へとこだまする。

寸分の隙もないほどめりこんだ肉と肉の一体感が、底なしの女の欲望をいっそう煽り立てる。

「あん、イっちゃう……アアァッ、ハァアアァァ……ッ!」

「おおっ、おおおっ……ほおおううう」

理子は乳房をぶるぶると弾ませ、身をのけ反らせた。

接合部から脳天に抜ける快楽が、絶頂を貪る粘膜を激しくわななかせる。

直後、膣奥付近でドピュッ、ドピュッと激しく爆ぜる手ごたえがあった。

十分後——。

「まさか、この歳でたて続けに二回だなんて、我ながらあっぱれだよ」

風見はいまだ興奮を隠しきれない様子で、湯に体を沈めた。

「うふふ、相手が私だからでしょう？」

理子が風見にしなだれかかると、

「そうだな、理子ちゃんは幸運の女神だよ」

肩を抱き寄せ、しみじみ呟く風見だった。

「幸運の女神？」

「ああ、実は仕事に行きづまっててね。この秘湯の取材を最後に、カメラマンを引退するつもりだった」

「……そうだったの」

「でも、続ける決心がついたよ。まだまだ俺はやれるって、そんな気がしてきた。理子ちゃんのお蔭さ、ありがとう」

「風見さん……」

理子は風見の頬にキスをする。

「じゃあ、このまま三回戦に突入しちゃう？」

「えっ、待ってくれ！」

「待たないわ、ふふっ」

思いきりペニスを握ると、風見の体が湯の中で撥ねた。

「あっ、こら、理子ちゃん！」

「今夜は寝かさないわよ」

じゃれ合うふたりの声が秘湯に響き、冬空に溶けていく――。

第三章　処女の夜——広島便

1

「君、もしかして今月号の『エアライン・マガジン』に出てた瀬戸清乃クン？」

広島空港到着まで、あと二十分ほどとなった午後五時前。

清乃の対面席——通称「お見合い席」に座る熟年紳士が訊いてくる。

年の頃は還暦くらいだろう。三つ揃いのスーツに銀縁メガネ、上品に口髭をたくわえた白髪交じりの風貌は、ナイスミドルと呼ぶにふさわしい。

「は、はい。『新人ＣＡ特集』ということで、東都航空からはわたくしがインタビューを受けました」

ボブヘアを艶めかせ、楚々と微笑むも、内心ではドキドキが止まらない。

目の前の彼——スーツを粋に着こなすダンディな彼は、搭乗時から「素敵なオジサマ」と、ちょっと気になる存在だったのだ。

「写真で見るよりずっと美しいよ。確か、出身校は聖蘭《せいらん》女子学園だったね。幼稚園から短大までのエスカレーター式。良妻賢母をモットーとした歴史ある学園だ」

清乃の動揺をよそに、彼は落ち着いたテノールで話し続ける。

「はい、祖母の代から聖蘭女学園です。実家が田園調布なので、通いやすいこともあって」

「ほお、正真正銘のお嬢様だな。それに加えてこの美貌だ、箱入り娘だろう」

「そんな……そんなことありません。いたって、普通の女です」

恐縮しながら深々と頭をさげた。

洗練された紳士に褒められて、ついつい心が浮き足立ってしまう。

確かに、人形のような整った顔立ちを褒められることは多い。母譲りの色白の肌や、ふっくらとした唇は自分でも気に入っている。

しかし、顔立ちにそぐわぬグラマラスな体型、とりわけ注目を集めてしまうGカップのバストは、コンプレックス以外の何ものでもなかった。

不躾な視線にはいくぶん慣れたものの、最近になって、思いもかけなかった異変が訪れた。

卑猥な眼差しを浴びると、体の芯がじんわりと潤みを帯びてくるようになったのだ。

こうしている間にも、なんの前触れもなくトロリとした蜜が秘唇を伝ってくる。

（ああ、はしたないわ……）

実は清乃は、二十歳になった今も処女である。

セックスに興味が無いわけではない。むしろ、人より性的好奇心は強い。

だが、厳しい両親の元での実家暮らしゆえ、男性との付き合いは許されてこなかった。

先輩CAが「あの子、きっとバージンね」と噂しあっているのも耳に入ってくる。気心知れた同期CAからは「早く誰かにもらってもらいなさい。なんなら、上手な人を紹介するわよ」と言われる始末だ。

（お母様は『結婚まで純潔を守りなさい』とおっしゃるけれど、時代錯誤も甚だしいわ。……あん、オジサマったらまだじっと見てる……）

ショーツの奥がヌメリを帯び、清乃はいよいよ太腿をよじり合わせた。

しかし、いつもの羞恥や困惑と違い、今日はさほど悪い気がしない。

底知れぬときめきが、子宮の奥から湧きあがってきているのだ。

（もし、目の前のオジサマが、処女をもらってくれたら……）

ふとそんな妄想が脳裏によぎった。

この逞しい腕で抱き締められたら。大きな手でお乳を捏ねられて、口髭をたくわえた唇に乳首を吸われたら――。

（ああん、ますますアソコが熱くなってきちゃったわ……）

紳士から視線を外せずにいると、彼は「おや？」という感じで見つめ返してくる。

清乃の唇から湿った吐息が漏れた。

膣路に押し寄せる甘やかな痺れに、発情の兆しを感じとってしまう。

清乃の動揺などつゆ知らず、熟年紳士は腕時計を見やった。

くの字に曲げた左腕を見やる横顔が大人の男を感じさせる。

「五時か、定刻通りの到着だな。このフライトパターンだと、清乃クンはこのまま広島泊まりだろう？」

「は、はい……お詳しいんですね」

恥肉をヒクつかせたまま、清乃はとっさにＣＡスマイルを作る。

「東都航空はよく利用するからね。よかったら今晩、夕食を一緒にどうかな？」

「えっ」

その瞬間、パンティの中にトロリとした滴りが落ちてきた。

「あっ……」

声を詰まらせる清乃の異変に、彼が気づいた様子はない。

「流川《ながれがわ》に極上の牡蠣料理を食わせる店があるんだ」

「……ご一緒しても、いいんですか？」

うっとりと訊ねるが、パンティを濡らす女汁の恥ずかしさと、誘いを受けた喜びがないまぜとなり、戸惑ってしまう。

でも、こんなふうにときめいてしまうなんて——。

「ありがとうございます。一応、パーサーに訊いてきてもよろしいでしょうか？」

「かまわんよ」

悠然とうなずく紳士に、清乃はすぐさま席を立ち、前方ギャレーへと向かった。

「で、お客さまと食事に行きたいってわけね？」

「はい、教官」

「清乃ったら……もう訓練生じゃないんだから、教官じゃなく『先輩』と呼びなさい」

「すみません、やよい先輩」

ぺこりとする清乃に、黒木《くろき》やよいは涼しげな目元をキュッとあげた。

クールビューティーとの異名を持つ三十五歳の美熟女CA。

彼女は、清乃の訓練時代の教官である。

スリムな長身美人だが、同性でも羨むような匂い立つ大人の色気は、制服ごしにムンムンと漂ってくる。

そう、やよいはまぎれもない人妻なのだ。

食事会と称した合コンで出逢った旦那さまは、三歳年上の商社マンと聞いた。

CAと商社マンのカップル率はけっこう高いらしい。いずれ海外赴任も視野に入れた商社マンにとって、見目麗しく社交性もあり、なおかつ語学も堪能なCAは、彼らの伴侶にうってつけというわけだ。

（それにしても、やよい先輩ったら……）

清乃はさり気なく、やよいの口許に視線を流す。

涼やかな顔立ちだが、口許のホクロはいつ見てもいやらしい。訓練時代、同期の一人が「やよい教官はフェラチオが上手そう」と言ったことがある。同期たちは黄色い声をあげながら、その意見にうなずいた。

清乃にはまったくわからぬ世界だが、以来、やよいを見るたびにフェラチオする姿を想像してしまう。

ホクロを唾液に濡らし、旦那さまのいきり立ったペニスを頬張っている姿を――。

「ねえ、どのお客さま？」

卑猥な妄想など知るはずもなく、やよいは鼻にかかった声で訊いてくる。

「あちらの方です」

カーテンの隙間から告げると、

「あら、あの方はコムフォートトレーディングの沢木《さわき》慶介《けいすけ》会長じゃないの」

「ご存じなんですか？」

「知ってるもなにも、彼はうちの会社の筆頭株主よ。お歳は確か六十一歳だったかしら」

「筆頭株主？　そんなご立派な方だったなんて――なにも知らずにお約束しちゃいました。どうしましょう」

清乃が目を丸くすると、やよいは改まったようにうなずいた。

「清乃、今夜は沢木会長とご一緒してらっしゃい」

「本当にいいんですか？」

「ただし、お食事中もフライトの延長と思って、気を抜かず対応するのよ。くれぐれも失礼のないようにね」

「は、はい、わかりました」

「さあ、もうすぐ着陸よ。戻りなさい」

やよいに促されるまま、清乃はジャンプシートへと足を速めた。


午後七時、二人は流川の和食店にいた。

流川は広島県下最大、そして、中国地方一の繁華街だけあって、多くの飲食店、バー、クラブがひしめいている。

その中にあっても、この店はひときわ高級感が漂っていた。

私服に着替えた清乃は、体にフィットしたベージュのワンピース姿。胸元を突きあげるGカップ乳にわずかな恥ずかしさはあるが、同時に、ダンディな沢木を魅了したい気もないではない。

幸い、彼は始終機嫌がよく、食事は滞りない。牡蠣の濃厚な旨味が地酒と合い、緊張感が解《ほぐ》れてつい、酒も進んでしまう。

「ほう、今どき珍しいね。清乃クンのご家庭は門限があるのか」

向かい合う沢木が、大ぶりの生ガキを殻からチュルリと飲みこんだ。

「はい……フライトのない日の門限は午後七時。その時刻にわたくしが食堂にいないと、父はもう機嫌が悪くて……五分でも遅れようものなら、母やメイドに文句を言うんです」

「そりゃ大変だ」

「しかも、最近はお見合いの話まで出てしまって――」

ほんのり酔ってしまい、清乃はつい余計なことまで口にしてしまった。

それでも、彼はさすがだった。親身にうんうんとうなずき、心地よいタイミングで相槌を打って、聞き上手ぶりを発揮した。

自然と、清乃の口数が多くなってゆく。

「このまま両親が勧める殿方と結婚するのかと思うと……もう切なくて」

そうしんみりと告げた時だった。

「清乃クンは、まだ男を知らないんだろう」

核心をつく問いに、清乃はハッと顔をあげる。

「は、はい……実はまだ……キスさえも……わかります？」

自分でも不思議なほど素直に答えてしまう。

「はは……箱入り娘とは、まさに君のためにある言葉だな。もっとも、僕も君のような娘がいたら門限も作るし、付き合う相手も厳選するだろう」

呑んでいた猪口《ちょこ》をカウンターに置いた沢木は、しみじみと告げる。

「両親に反発しながらも純潔を守ってきた君が、会ったばかりの僕の誘いについてきてくれた。その意味はわかっているのかい？　この後、君は僕に口説かれるかもしれないんだよ」

今の今まで柔和だった沢木の目に、追い詰めた獲物を射るような光がかすかに宿った。

「ええ……わかっています」

清乃も、潤んだ瞳で沢木を見据える。

「本当に？　もし酔った勢いで言ってるのなら、今なら君のホテルまで無事に送り届ける自信がある」

「いいえ……沢木会長をお見かけした時から素敵だなって……たぶん、心のどこかで処女を捧げるならこんな男の人って思っていたのかもしれません」

清乃が途切れとぎれに言うと、沢木は眼鏡の奥の目を細めた。

テーブルの上に置いた清乃の手に、沢木の手が重なった。

温かく厚みのある手だ。

この手に触れられたい。体の隅々まで探ってほしい。

清乃はギュッと握り返した。


「ハァ……会長」

時刻は午後十時を回っていた。

食事後、沢木の宿泊する外資系ホテルへタクシーで乗り付け、部屋に入った途端、強く抱き締められた。

部屋は、広島市内の夜景を一望できる高層階のジュニアスイート。

重厚な応接セットやダイニングテーブル、窓辺にはドレープも美しいベルベットのカーテン——その中央にはクイーンサイズのベッドが設えてある。

「ン……」

なにか言おうとした清乃の唇を、沢木の唇が塞いだ。

チクチクとした髭が心地いい。

互いの唾液が混ざり合う。

「思った通り、柔らかな唇だ」

唇を離した彼が、耳元で甘く囁いてくる。

鼓動は高鳴る一方で、呼吸さえも苦しい。

ベッドに押し倒されるまま、清乃は仰向けになる。

背中に回した沢木の手が、ワンピースのファスナーをゆっくりとおろしていく。

2

「ハァ……沢木会長……」

沢木が清乃のワンピースを脱がすと、熱い吐息がこぼれた。

窓から差す光に、透白の肌が艶めいている。

清乃の体を包むのは、純白のシルクのブラジャーとパンティ、そして薄い肌色のストッキングのみ。

ベッドに横たわったまま、恥ずかしさに背を丸めGカップの乳房を隠すと、

「感激だよ。スタイル抜群とは思っていたけれど、制服の下にこんな魅力的な体を隠していたとはな……下着も清楚だ」

沢木は熱っぽく呟いた。

普段なら困惑してしまう言葉にも、むしろ今夜は体が疼いてしまう。

トクン、トクンとパンティの中の肉粒が脈打っている。

「怖いのか？　震えてるぞ」

沢木が優しく訊いてくる。

「こ……怖くはありません……今夜は会長に処女を捧げるって決めましたから……」

欲情に昂《たかぶ》る体は、先ほどの濃密なキスでいっそう火照りを増している。

ベッド脇から見おろす彼の銀縁の眼鏡が、窓外のネオンを反射させた。

沢木はネクタイを外し始める。

（ああ、沢木会長に女にしてもらうんだわ）

清乃は目を瞑った。

衣擦れの音がしばらく続くと、

「清乃クン、こっちを見るんだ」

その声に視線をあげると、沢木はトランクス一枚になっていた。

「ア……」

六十一歳とは思えぬ浅黒く締まった腹と、分厚い胸板がストイックさを物語っていた。

そして、下着を突きあげる股間の逞しい膨らみが、清乃の目を釘づけにする。

「触ってごらん」

沢木は立ったまま、清乃の手を股間に導いた。

おそるおそる布ごしの膨らみに触れると、熱をこもらせた力強い男塊が、汗ばむ手指にあたる。

「もっと強く握るんだ」

低い声が響いた。

言葉通りギュッと握り締めて、清乃は「ァ……」と息を詰めた。

鋼のように頑強な屹立が掌を押し返してきたのだ。

「硬い……こんなふうになるなんて」

初めて触れる男の象徴に、思わず畏怖の言葉を口にしていた。

「これが君の中に入るんだよ。いいんだね」

屹立を握らせながら、念を押すように彼は訊いてくる。

清乃は、この野太く硬質なもので貫かれることを夢想する。

どれほどの衝撃と痛みがあるのだろうと慄きながらも、意を決したようにコクンとうなずいた。

沢木が覆いかぶさってきた。

「ヒッ……」

湿った吐息が耳たぶをかすめ、唇が首筋から鎖骨へと降りてくる。

熱い唇と髭の感触がすべらかな肌を伝い、愛《め》でるように、ついばむように動くたび、意志とは別に、清乃の唇から掠れた喘ぎが漏れでていく。

「……ッ……ああ」

「きれいだよ……清乃」

彼は首筋にキスの雨を降らせたまま、乳房の膨らみを手で包みこんだ。

ブラジャーごしに、まるで壊れ物でも扱うような優しさで、乳丘が揉みしだかれる。

「会長……ッ」

清乃は白い喉元を反らした。

乳首がじくじくと痺れていく。

パンティの奥が熱い。恥ずかしい蜜があふれてくる。

（ハァ、アア……）

ゆっくりと肩紐が外された。

かすかに呻いた清乃の唇をキスで塞ぎながら、後ろに回した沢木の手がブラのホックを外す。

「ァ……ン」

胸元がふっと軽くなると、慣れた手つきでブラが取り去られた。

瑞々しいGカップの乳房を前に、彼は感嘆の声を漏らす。

「美しい……まるで芸術品だ。こんな可憐な清乃の最初の男になれるなんて」

彼の唇が桜色の乳首を吸いあげた。

「くっ……」

生温かな感触が走った。唾液とともに、甘美な痺れが、敏感に尖りきった乳頭に浴びせられる。

初めてもたらされる得も言えぬ感触——清乃の唇から漏れ出るのは、もはや恍惚の呻きだった。

「ハァ……ァ」

ネチネチと舌先が乳首を弾いてくる。

生温かな唾液は瞬時に温度を失うが、再び柔らかな舌で塗りこめられる。

乳首がきゅんと硬くしこり、甘い痺れが下腹へと降りてくる。

これが感じるということだろうか。

もっと欲しい――清乃はわずかに乳房をせりあげた。その意志を汲み取ったように、彼の舌が優しく吸い転がしてくる。

クチュ……クチュチュッ……。

「ア……ァ……会長……」

「感じるんだね」

熱い滾《たぎ》りが溶け流れ、清乃の意志とは無関係に、腰がくねっていく。

「……感じます……気持ち……い……い……アァ……」

沢木の手が豊乳を揉み捏ねるたび、乳肉がひしゃげ、形を変えた。

南国果実のように突出した谷間に顔をうずめながら、彼はくびり出た先端を夢中で吸いしゃぶる。

「……ン、いい……」

体の芯がじくじくと肌熱を高めていく。

湧き出る愛液で秘口がじっとりと粘つき、膣肉がわなないている。

やがて、汗ばむ手がストッキングごしの女園にあてがわれた。

「くっ……」

柔肉に指が沈みこむ。

「清乃のここ……すごく濡れてるよ。感じやすい体だ」

圧し揉む力は徐々に強まっていく。

クニクニ……グニ……。

「あう……」

あまりの心地よさに、自ら下腹を押しつけていた。

「……がせて……」

「えっ？」

消え入りそうな声でもう一度告げた。

「脱がせて……ください……全部」

「神々しい……まるでビーナスだよ」

ベッドの上で裸身をさらす清乃に、沢木は興奮に声を震わせる。

豊満な乳房には桜色の乳首がツンと立ち、くびれから張り出したヒップや、ハりのある太腿に鋭い視線が突き刺さる。

「ヘアは濃いんだね。情が深い証拠だ」

「ン……いや、言わないでください」

清乃は手で性毛を隠し、太腿をよじり合わせた。

ベッドにあがった彼は、清乃のなよやかな脇腹を撫でつける。

「ハァ……ッ」

体が敏感になっているせいで、わずかな刺激にも反応してしまう。

沢木の手はゆっくりと下腹へ移動した。

触れるか触れないかのフェザータッチで、腹部から内腿を撫で回されたのち、濃い目のヘアを梳き始める。

「ン……ンン」

ふっくらした恥丘に顔を寄せ、沢木がクンクンと鼻を鳴らした。

「ああ、処女の匂いがする」

「……ン……いや」

羞恥に身をよじらせるが、内腿を撫でる絶妙な手触りに、いつしか固く閉じた脚の力が緩んでいた。

太腿がぐっと左右に広げられる。

脚の間に割り入った沢木は、清乃の秘めやかな場所を凝視し、さらに顔を近づけてきた。

「全部見えるよ、清乃のここ」

熱い吐息が肉ビラを震わせる。

「キレイなピンク色だ。薄いビラビラだな。おお、滴が垂れてきた。みるみる濡れていく」

「い、いや……」

顔を歪めた瞬間、ネロリ……と生温かな舌が淫裂をなぞりあげた。

「ッ……く……くう」

清乃はシーツを握り締める。

ピチャッ……ピチャピチャッ……

これが男の人の舌――男の人に舐められるということなの――?

体の奥底から熱い痺れがこみあげてくる。

たったひと舐めで陥落するかのように、清乃の初花が快感にヒクついた。

恥ずかしさを伴いながらも、その場所は沢木の穏やかに躍る舌を欲し、チクチクあたる髭の感触さえも心地いい。

舌はいくども往復し、湧きだす蜜を啜った。はしたない水音が鼓膜を打つたび、さらなる昂りがこの身を淫らに染めあげていく。

「敏感な体だ。クリトリスがコリコリだぞ」

尖り立つ肉真珠が舌でつつかれた。

「ハアッ……そ、そこは……」

シーツを握り締めて身悶える清乃の意志を汲み取ったように、沢木はいっそう丁寧にクリトリスを吸い転がす。

執拗で丹念なクンニリングスはなおも続く。

蕩けた肉孔にヌプリと差し入れては、レロレロと舌を躍らせ、充血した肉芽をねぶっていく。

初めての感覚に、体が痙攣し始める。

「ァア……くうっ」

そう、十五歳でオナニーを覚えた時から、クリトリスが自分の快楽の場所だとわかっていた。

「ア……ンンッ……ダメ……」

清乃はいやいやと頭を揺さぶった。

尻をくねらせ、ぴんと伸ばした爪先が宙を蹴る。

あまりの心地よさに、意識に薄靄がかかり、熱く淫らな塊が全身を駆け巡っていく。

沢木は鼻息を荒らげた。

清乃の花びらをめくり、湧きだす熱い蜜を啜っては、蕩ける柔肉を責めたてる。

ネチャッ……ネロリ、レロレロッ……。

ああ、体が弾けちゃう、意識が遠のいていく——そう思った瞬間、

「くううッ……ハァアアア……！」

弓なりにのけ反った体がガクンガクンと痙攣した。

汗だくの総身が、濁流に押し流されたような激しさに見舞われる。

「清乃……」

「ン……か、会長……」

息も絶え絶えに、震える瞼をわずかにあげると、沢木は優しく抱き締めてくる。

「イッたんだね。舌でイッてくれたんだね」

髪を優しく撫でられながら、清乃は彼の腕の中でいくどもうなずいた。

そして、わずかにはにかみながら、

「会長はやめてくれ、今夜は男と女だ」

穏やかに告げてきた。


呼吸が落ち着いた頃、悦楽の余韻に浸りながら、清乃は恥じ入るように呟いた。

「お……お願いがあります」

「なんだい？」

沢木は清乃の髪を撫でながら訊いてくる。

「処女を捧げる前に……わたくしも……させてほしいことが……」

「させてって……なにをかな？」

改まって訊く彼に、清乃は一瞬、その言葉を呑みこんだ。

こんなことを告げていいのだろうかと逡巡してしまう。

しかし、意を決して彼を見つめ、小声で囁いた。

「……フェ……フェラチオ……です」

3

（こ、これが……男の人の——）

ベッドに仰臥した裸の沢木を前に、清乃は息を呑んだ。

へそを打たんばかりに反り返るペニスは野太く、禍々《まがまが》しい印象すらあった。

処女であるうえに、厳しい家庭に育った清乃は、性の話題などタブーで、当然ながらＡＶなど見たことがない。

フェラチオという行為は知識として持っているものの、興奮にカリを広げ、鎌首をもたげる大蛇のようなペニスを目の当たりにするのは初めてなのだ。

ツツーッ——。

尿道口から透明な液が噴き出した。

「握ってごらん」

包皮の剥けきった肉茎に指を絡めると、

「ああ……熱い」

布ごしとは違う、ナマの感触が指腹に触れた。

熱をこもらせたビロード素材……？　いや、硬いシリコンとでも表現したらいいのだろうか？　滴る先汁が細い指を濡らしていく。

「気持ちいいよ。そのまましごいてくれ」

ビクビクと脈打つ肉棒を握り締め、清乃はそっと上下に動かした。

「もっと強く。皮を亀頭冠にぶつけるように、激しくこするんだ」

「は、はい……」

言われるまま、恐る恐る手に力をこめる。玉袋も揉むよう命じられ、陰嚢に左手を添えてやわやわと揉みこんだ。

ニチャッ、ニチャッ……！

「……いいぞ」

快楽をあらわにする沢木を目の当たりにすると、ひりつくような疼きが女陰に押し寄せてくる。

高鳴る鼓動が、激しく胸を打ち鳴らす。

「んッ……沢木さん」

ペニスの先端に唇を寄せた。

むっと立ちのぼる雄肉の匂いを感じながら、差し伸ばした舌先で、ペロリ……と裏スジを舐めあげる。

「うっ……」

ビクンと腰が揺らめいた。

清乃は細い顎を傾けて、ネロリネロリと舌を這わせる。

いくども、いくども、拙《つたな》いながらも、彼に気持ちよくなってほしい――その一心で舐めあげては、おろし、愛撫を深めていく。

「ハァ……上手だぞ。そのまま咥えてごらん」

「……は……はい」

唾液にぬめる唇を広げた。

つるりとした亀頭に唇をかぶせ、深々と呑みこんでいく。

ジュジュッ……ジュポッ――。

「ん、ん、んん……」

舌と上顎が圧され、口内に塩気が広がった。

ぴっちり密着させた内頰と舌でペニスを包みこむ。

チュッ……チュチュッ……。

「むむむ」

ゆっくりと首を打ち振っていく。最初こそ呼吸さえままならないが、徐々にスライドと息継ぎのタイミングを摑んでいく。

落ちかかる髪をかきあげながら、何度も、何度も——。

「ハァ、いいぞ」

頰張りながら、チロチロと舌を躍らせた。裏スジから亀頭のくびれ、尿道口——休む間もなく細い舌を生き物のように這わせ、まとわりつかせてみる。

ジュポッ、ジュポポッ……。

唾液音に混じって、たぷん、たぷんとGカップの乳房が揺れ弾む。

沢木の太腿にこすれる乳首が、ムクムクと尖り立っていく。

「ハァ……ンン」

「おお、たまらん」

沢木は揺れる乳房を摑み、むぎゅむぎゅと捏ね回す。

「ハァッ……あ……あんんッ」

敏感に尖りきった乳首が、キュッとひねられた。

「ヒッ……」

「気持ちいいんだな、清乃」

なおも乳首がひねり潰される。

そう、痛みはむしろ快感だった。乳頭が潰されるごとに、清乃の口から甘い喘ぎが絞りだされ、より激しく肉棒を吸いたててしまう。

ジュポッ……ジュポポッ……。

脳裏の薄靄が濃密になる。

恍惚に彩られ、女の裂け目からドクドクと熱い蜜が滴った。

内腿を伝いシーツにシミを広げていく。

「ああ、たまらん」

沢木は満足げに告げた。

「ン……ンン……」

ジュボ……ジュボ……。

顎に疲労を感じつつも、一体感がもたらす充足は想像以上で、息苦しさを凌駕する興奮が、体の隅々まで駆け巡っていく。

「こっちにお尻を向けてごらん。清乃の可愛いアソコを愛させてくれ」

その声に、清乃は首の動きを止める。

熱にうかされたように、ふらふらと身を起こした。ペニスを握り締めたまま、沢木の顔にまたがると、熱い吐息がワレメに吹きかかる。

「あ……ん」

「ヌラヌラだ……本当にバージンなのか」

「く……本当です」

「こんなに濡らして」

「いや……」

羞恥の言葉を耳にすればするほど、アソコがじくじくと濡れていく。

「たっぷり舐めてやろう。清乃のいやらしいバージンオマ×コを」

尻がぐっと引き寄せられた。

秘口にチクチクと髭が触れた直後、生温かな舌がネロリとねぶりあげてきた。

「ッ……ァァ……ン」

ヒクンと尻が震えた。

恥じらう気持ちとは裏腹に、待ち焦がれた熱い彼の舌を求めてはワレメを押しつけ、再び肉棒を咥えていた。

ジュボボッ……ジュボボッ……。

「ン、ンンッ」

互いの性器を舐めながら、次第に欲情のボルテージが高まっていく。

彼の愛撫も、情熱を増していた。

女溝を丹念に掻き回された次の瞬間には、花びらを甘嚙みされる。

髭で粘膜をこすられ、痛みに変化する寸前の刺激が極上の快楽を運んでくる。

清乃も吸茎を強めた。

根元まで吞みこんでは吸いあげ、こそげるように舌を躍らせ、陰囊を揉みしだいていく。

「うう……清乃」

沢木の舌が清乃のアヌスをそっとかすめた。

「アアンッ……そこは……」

不意に後ろの孔を舐められ、清乃は身をこわばらせる。

「なんだ、恥ずかしいのか？」

言いながら、沢木の舌先がヌプヌプとアヌスをつついてくる。

「ハウッ……ダメです……そこは、イヤ」

舌の動きは止まらない。

ヌプリ……ヌプリ……ピチャ……。

「はう、くうっ」

「体は嫌がってないぞ。ほおら、ヒクヒクと悦んでる」

「くうう」

「おや、アソコも泡を吹いてきた」

すかさず、沢木の唇はジュル……とワレメを啜りあげた。

自分でも恥ずかしいほどの濡れようだった。

「慣れればここも気持ちいいんだ。ほら、もっと力を抜いて」

這い回る舌に、後孔の力を抜くと、アヌス周囲の皺を伸ばすように尖った舌が螺旋に蠢いた。

チロリ、チロリ……。

「ああ、アア……」

背筋にいくども微細な電流が流れる。

膣肉がビクつき、熱い蜜が泉のようにわき出ている。沢木の口許も粘液で濡れているであろう姿を想像すると、言い知れぬ恍惚と神聖さが、男に貫かれる寸前の体を包みこんだ。

沢木は丹念にアヌスとワレメを舐め、クリトリスを摘まみ、あふれる潤みを一滴たりともこぼさず、啜りあげた。

（ああ、苦しい……）

限界だった。アソコが男のものを求めている。

狂おしいほど処女肉が牡《おす》に貫かれることを欲していた。

「……もう、入れてください……」

ペニスを握ったまま、清乃はついにその言葉を口にした。


「もっと力を抜くんだ」

清乃を仰向けにさせた沢木が、M字に広げた太腿の間に割り入った。

細い腰を抱き、グッと引き寄せる。

「本当にいいんだね？」

熱い亀頭がワレメにあてがわれると、清乃は潤んだ瞳で彼を見あげる。

「はい、後悔しません。沢木さんが初めての人で……幸せです」

言葉を詰まらせる清乃の目を見つめながら、沢木は肉棒を握り締めた。

ネチャ…ネチャ……と数回淫裂にこすりつけ、愛蜜を馴染ませる。

「清乃、いくよ」

ゆっくりと腰を入れた刹那、充血した肉ビラを巻きこみながらズブ……ズブズブッ……とペニスが処女膜を貫いていく。

「アッ、アアッ……ハァ……痛いッ」

きつく閉じた粘膜がめりめりとが割り裂かれる鋭い衝撃に、清乃の体は大きく波打ち、沢木の二の腕に爪を立てた。

「大丈夫、力を抜くんだ」

ぐぐっと、再びペニスが押しこまれた。

「ハアアッ……クウッ！」

細い顎を反らせ、たまらず甲高い悲鳴をあげてしまう。

全身に鳥肌が立ち、背筋に戦慄が駆け抜ける。

火柱で貫かれたと思うほどの灼熱の圧迫が身を割り裂いた。

「い……痛い……ッ……沢木さんッ、許して……痛いッ」

「もう少しだ。もう少しで全部入る」

壮絶な圧迫感が、身を壊さんばかりに押し寄せるが、清乃は必死に歯を食いしばる。

「おお、全部入ったぞ」

彼の言葉に安堵と、わずかだが喜びを感じた。

（ああ……ついに）

清乃の唇から感嘆のため息が漏れた。

処女膜を貫く雄肉を感じながら、清乃は女になった幸せを噛み締めていた。

4

「ハァ……ァ」

清乃は「女」になった悦びに浸りながらも、じわじわと押し寄せる破瓜の痛みに呻きをあげた。

苦痛に唇を震わせ、沢木の腕にいっそう爪を立ててしまう。

ドロリ……トロリ……。

結合部からあふれる熱いヌメりが、内腿を滴っていく。

処女膜から流れる鮮血の映像が脳裏をよぎった。

串刺しにされたまま、かろうじて動く首を左右に揺さぶると、

「大丈夫か？　無理ならもうやめるぞ」

沢木が心配そうに声をかけてくる。

その声音は、痛苦に耐える清乃の胸の奥深くに沁み通る優しさで、破瓜の痛み

が和らいだとさえ感じた。

「い、いいえ……平気です」

重い瞼を開け、瞳を見開くと、温かな双眸が見おろしてくる。

濡れた眼光はこの上ない優しさに満ちている。

「ゆっくり動くからな」

沢木は慎重に体を前後させる。

ズチュッ……クチュッ……。

「ん、ん……んっ」

挿入のたび、内臓が圧迫され、引き攣れた喘ぎを漏らしてしまうが、その声が次第に艶を帯びていくのがわかる。

苦痛の呻きが悦楽に変わるまで、さほどの時間は要しなかった。

清乃の反応をみながら、沢木は巧みに角度と深度を変えて、さらなる快楽へと導いてくれる。

「ああ、熱い……」

結合部は飴を煮立たせたように、蕩けていた。律動に合わせた粘着音が室内に響き、清乃の総身を微電流が駆け抜けていく。

性器と性器の密着度が増すごとに収縮する膣襞が、男根を締めあげていく。

「ああ、清乃の膣内《なか》、気持ちいいよ」

沢木は眉間のしわを深めながら、腰をしゃくり、凝縮した恥襞を緩急つけてえぐり立てる。

いつしか、清乃の痛みは薄らいでいた。

あふれる粘液が膣路をなめらかにし、律動の摩擦を和らげてくれるのだ。

「ん、んんっ……」

いつしか、悦びを告げるかのように、膣肉がビクビクとわなないた。

ひと突きごとに痺れるような快美感が走り抜け、襞の一枚はおろか、髪の毛一本一本まで、興奮に逆立っていく。

「さあ、今度は清乃が上になってごらん」

ひとしきり打ちこんだ沢木が結合を解き、仰向けになった。

膣肉の甘い引き攣りに加え、視界には唸るような勃起が衰えることなく、女の体液に濡れている。

自分の蜜にコーティングされた沢木の漲りは、純潔を捧げたばかりの清乃の目にひどく淫靡で魅力的に映った。

「ンン……」

　ふらふらと起きあがる。

　膝立ちのまま沢木にまたがると、急角度に反り返る屹立を両手で包みこんだ。

「ああ……これが」

　手の中で勃起がますます硬化していく。

「これが、女にしてくれたんですね」

　優しく撫であげながら、しみじみと呟いた。

「女になって艶が増したな。先ほどと大違いだ」

「……こんな短時間で変わるものかしら？」

「ああ、一瞬にして肌が変わったよ。表情も、ほら、ここも」

　沢木は手を差し伸ばすと、清乃の濡れた陰毛を掻き分け、花びらを撫でつけた。

「あう……」

　そのまま指先で淫裂をなぞり、あふれる蜜をすくいだす。

　クチュッ……クチュチュッ……。

「んんっ」

　清乃は膝立ちのまま身を反らせ、包みこんだペニスを愛おしげにさすった。

互いに性器を愛でる行為に、興奮はさらにエスカレートしていく。

「クリトリスも、ますます硬くなってる」

沢木は小さな突起を指で転がし始める。

「くっ……くうっ」

否応なく、肉芽が捏ね続けられ、滲んだ蜜汁を塗りたくられる。

ダイレクトな刺激ばかりではない。下から見あげる視線と眼光の威力に、今にも窒息してしまいそうだ。

「ハアッ……ハアンッ」

「どうだ、自分でもいやらしい体になったと思うだろう？　ほおら、こんなに感じまくって」

裂唇と肉マメを弄っていた指は、やがてヌプリ……と合わせ目をこじ開けた。

「ヒッ……」

ヌルヌルと挿入される。

「く……くうっ」

Gカップ乳を震わせながら、清乃は指に翻弄される自分自身に欲情していた。

男性の体の一部がこんなにも自分を支配することに、息苦しいほどの興奮と愉悦を感じてしまう。

「沢木さんのおかげ……やっぱり、あなたでよかった」

膣襞に突き立てられた指の記憶を刻むように、清乃も尻を揺らめかせた。

その動きに合わせて、沢木も抜き差しを繰り返しては、親指でクリトリスを弾き捏ねる。

甘酸っぱい匂いが濃厚に立ち昇り、肌熱さえもますます高まっていく。

清乃の潤んだ瞳同様、女の心髄からも熱い恥蜜が溶け流れ、ただただ、肉の快楽に溺れてしまう。

清乃は握っていた男根を、自ら、肉の合わせ目へと密着させた。

再び男に貫かれる高揚感が押し寄せてくる。

「入れても……いいですか？」

「ああ、清乃の気持ちいいようにするんだ」

清乃は息を詰めた。

あふれだす蜜汁を亀頭にこすりつけては、淫らな水音を存分に聞いた。

血を吸ったヒルのようにぽってりと膨らんだ肉ビラをめくり、中心に先端を突き立てた。

「沢木さん……今度は清乃が……」

一気に腰を落とした。

ズブッ……ズブズブッ……!!

「ああっ……はああっ」

閉じた粘膜が、再び引き裂かれる衝撃に、清乃は細い顎を突き上げ、悲鳴を噛み殺した。女の肉の輪がぐっと広げられる。先ほどとは違う角度で真っ直ぐに貫く男根の猛威が、処女を失ったばかりの総身を、蹂躙者のごとく割り裂いてくる。

「ハァ……すごい」

鼓動に合わせ、膣肉はおろかクリトリスもジクジクと脈打っている。

あふれる液は花蜜なのか血流なのか——それでも女になれた悦びに変わりはない。躍動する肉の戯れに、ただただ耽溺してしまう。

「ンン……奥まで……奥まで届いてるの」

清乃はボブヘアを振り乱しながら、腰を前後に揺らめかせた。拙い律動ながらも、健気に腰を振り、処女を捧げた沢木と粘膜の交わりを深めていく。

ズジュッ……ズジュジュッ……!!

沢木の太腿に後ろ手をつき、乳房をぶるんぶるんと揺れ弾ませる。

噴き出した汗と体液が互いの肉と肉をすべらせ、得も言われぬ心地よさを運んできた。

総身が溶け流れてしまいそうな錯覚の中、急激なオーガズムが迫ってくる。

「好きなように動いてごらん。清乃は感じれば感じるほど、美しくなっていく」

夢心地になる清乃の鼓膜を、沢木のテノールの声が震わせる。

柔らかに蕩ける女の花とは裏腹に、全身が硬直し、ペニスを呑みこむ膣肉がいっそう貪婪に締め付けた。

「ああっ……いい……気持ちいいです」

汗が飛び散った。リズミカルに腰を振り立てる清乃は、もはや先ほどまで処女だったとは思えぬほどに羞恥をかなぐり捨て、快楽に身を委ねた。

前後左右、上下に腰を揺らし、様々な角度で結合の悦びを探っていく。

「清乃……すごいぞ」

ズブリ――

沢木が突きあげる。いっそう密着感の増す体は確実に絶頂へと突き進んでいる。

「ああ……おかしくなる……清乃の体……またおかしくなります……」

目のくらみそうな悦楽の境地で、清乃の体がビクンと跳ねあがった。

「イク……また……イッちゃいます……はああっ！」

背を反らせたまま恍惚に浸る体を、沢木は身を起こして抱き締めてくれた。

脱力する清乃の双乳に顔をうずめ、尖り立つ乳首を交互に吸ってくる。

「くっ……」

「清乃、イッたんだね」

「……はい……体が……ハァ……まだじんじん痺れて……」

沢木は再び清乃を法悦へといざなうかのように、尖った乳頭を口に含んだ。

「ハァ……ア……ン」

女に生まれて、これほどまでに充実感と興奮に満ちた時間があっただろうか。

やがて、沢木は清乃の腰を抱き締め直し、突きあげを開始した。

絶頂の余韻に浸りながらも、貫かれる清乃の女膣は、無条件で男根を締めあげていく。

「ヒッ……沢木さん……ハァアッ……!!」

喉を絞りながら、清乃は歓喜の咆哮を放った。

いや——清乃は泣いていた。

とめどなくあふれる涙が、頬を伝っている。

「あぁっ、またイッちゃう」

「清乃、いけ……俺も……俺も……おぅおおおうっ」

沢木の獣にも似た咆哮が放たれた直後、深々と貫かれた子宮口の奥で、ドクン、ドクン、ドクン——！

熱い男汁が噴出されたのがわかった。

「あぁ……あぁあぁあぁうっ!!」

喜悦に咽びながら、清乃は沢木の首に手を回したまま、体内に放出される悦びを満身で感じていた。

「ふう……」

結合が解かれると、清乃の体内から粘液がこぼれ落ちる。

鼻を衝く生臭いザーメンの匂いさえ、今の清乃にとって愛すべき芳香だった。

「……すごく幸せな初体験でした」

ベッドに横たわる沢木に、清乃はそっと寄り添った。

「清乃……」

「ああ、沢木さんの汗……いい香り」

大きく息を吸いこんだ清乃が、沢木の股間に顔を移動させる。

白濁の残滓《ざんし》と、愛液まみれのペニスが饐《す》えた匂いを放っている。

かまわず口に含んだ。

「おっ、こんなこと、いつ覚えたんだ」

彼の驚く姿が愛らしい。

「うふふ、お掃除フェラって言うんですよね」

微笑みながら、舌を絡みつかせる。

「そんな言葉も知ってるんだね。今どきの子は、よくわからないな」

ネチャッ……ネロリ、ネロリ……。

ひりつく秘部から流れでる蜜液の滴りを感じながら、清乃は丹念に沢木のペニスを愛で続けた。

第四章　悩殺的美魔女——羽田便

1

「ねえ、ＣＡさん」

青森―羽田最終便のフライト中。

通路を歩いていた黒木やよいを、一人の男性客が呼び止めた。

「はい、なんでしょうか？」

三十五歳の人妻ＣＡ・やよいは腰をかがめ、優美な笑顔を返す。

東都航空の既婚のＣＡの中でも、ダントツの美貌を誇るやよいだった。

涼しげな目元に、細身ながらメリハリのきいたスタイル、口許のホクロもセクシーだと耳にする。

声をかけてきたのは、四十代と思しき男性だった。

メタボ気味の体型に、今どき珍しいぼっちゃん刈り。

着古したトレーナー姿で、かなりもっさりした印象である。

周囲をきょろきょろ見渡した彼は、

「ねえ、あそこに座ってるの、女優の白石麗子《しらいしれいこ》でしょ?」

小声で訊いてくる。

「え、ええ……と」

やよいは口ごもった。

客のプライバシーを公言することはできない。

ましてや、有名人ならなおさらである。

「隠さないでいいよ。あれだけの美女オーラだ。もうバレバレだって」

やよいの反応に、男はかえって確信を深めたようだ。

男の目はごまかせないのか、白石麗子が輝いているのか――。

緩くウェーブした栗色のロングヘア、真紅のルージュに彩られた形のいい唇。目深にかぶったつば広の帽子も、マント風のコートも、なるほど女優オーラをビシバシ放っている。

エンジン音の響く薄暗いキャビンのそこだけが、バラ園のように甘く華麗な空気を醸し出していた。

否定できず、やよいがうなずくと、男は興奮をあらわにした。

「悪いけど、彼女の使った紙コップ、こっそりもらえないかなあ」

「いくらなんでも、それは……」

「お願いだよ。昔からのファンなんだ。頼む、この通り！　そしたら、白石さんのこと、誰にも言わないから」

周囲を憚《はばか》ることなく男は必死の形相で訴えかけ、ついにはやよいを拝むありさまだ。

(困ったわ……)

チラリと麗子に視線を流す。

白石麗子といえば、やよいと同じ三十五歳。プライドの高そうなクールビューティー、細身だが熟れた肉感的なボディを持つという点まで共通している。

二十歳の時、アイドル女優としてデビューしたものの、鳴かず飛ばずだった。

永年にわたり地味な端役に甘んじていたが、一昨年に演じたヒロインを苛める敵役が評判を呼び、主人公のライバル、悪女などのオファーが舞いこむようになった。

昨年出したヘアヌード写真集も勢いに拍車をかけ、アイドル時代の人気を取り戻しつつあった。

（あんな女になんて負けないわよ）

ライバル心がふつふつと湧いてくる。

通常ならば、使用済みの紙コップの件など丁重に断るのだが、今回ばかりは少々状況が違った。

やよいは男の耳元に唇を近づけ、

「なんとか手配しますから、あとでギャレーにいらしてください」

ニッコリと微笑んだ。


「はい、今回は特別ですよ」

ピンクのルージュのついた紙コップを手渡すと、男は感激したように、目を潤ませた。

「わああっ、ありがとうございます！　感激だなあ。白石麗子の使用済みコップ」

やよいの姿など目に入らぬかのように、彼はレロレロと飲み口を舐め始めた。

（やだ……この人、もしかして変態？）

まさか、やよい自身がつけた紅跡だと言えるはずもなく、お宝を手に入れた彼は、紙コップがフニャフニャになるまでねぶりまわしている。

「ああ……麗子さんの甘い唾液の味、ぐふふ、ぐふふ」

あまりの不気味さに、一瞬、呆気にとられたものの、無邪気に喜ぶ男を見ると、妙に体が疼いてしまう。

あの分厚い舌でアソコを舐められたら——と、つい、イケない妄想に駆られてしまった。

やよいは結婚三年目。食事会で知り合った商社マンの夫とは、セックスレスである。

仕事でのすれ違いもあるが、一番のネックは「セックス観の相違」だ。

夫は三十八歳、生真面目を絵に描いたような男で、「獣」になることをあからさまに嫌う。

キスのあと、胸を揉んで吸い、少しだけ性器を舐め合うと、もう挿入だ。

体位は正常位のみ。工夫やサービス精神のかけらもない。

必要以上の愛撫は時間とエネルギーの無駄と言わんばかりに、手抜きのオンパレード。ひたすら射精のために腰を振り、勝手に果てて寝てしまう。

そんな夫は最近、身に着ける下着にまで文句をつけ始めた。

やよいは洋服以上にランジェリーに金を費やすタイプで、今日もハリウッド女優御用達の、高級ランジェリーを身につけている。

繊細なレースが施された黒のブラとパンティのセットは、女子力を高めてくれる必須アイテムだ。

なのに夫ときたら「お前は娼婦か？」と侮蔑の笑みを投げてくる。

（ああ、悩殺的な下着姿で男を魅了してみたいわ。ベッドでくらいは大胆になりたいのに、それさえも叶えられないなんて）

常に緊張を強いられるストレスの多い仕事ゆえ、欲求不満はたまる一方で、三日に一度はオナニーをしている。

それに比べると、目の前にいるメタボ男は、己の欲望に従順で、やよいの目には、それがひどく新鮮に映った。

（夫がこの人の半分でも性に正直だったらいいのに……）

やよいは彼をじっと見つめた。

カップを持つ野太い指は、意外と繊細そうだ。あの指でアソコをグリグリ搔き混ぜられたら――。

（あん……アソコが熱くなってきちゃった）

ジュン……とパンティに恥ずかしい滴りが落ちたところで、

「すみません、お化粧室をお借りするわね」

ひらりと揺れるカーテンの隙間から女性が現れた。

なんと麗子ではないか。

「あっ、あなたは白石麗子さん！　ぼ、僕……昔からのファンで」

彼は細い目をめいっぱい見開いた。

「そう、ありがとう」

麗子は女優然として礼を述べる。

「あ、あの……青森にはお仕事で？」

「いいえ、来月から長期の撮影に入るからリフレッシュよ。酸ケ湯《すがゆ》でのんびりして、古川市場で新鮮な海の幸を堪能したの。十和田湖や奥入瀬《おいらせ》渓流もステキだったわ。青森、最高ね」

「そ、そうだったんですか」

「ちょっと、そこを通してくださる？」

麗子が化粧室のドアノブに手をかけると、

「あ……あのっ、紙コップ、ありがとうございました！　一生の宝物にします！」

男はとんでもないことを口に出すではないか。

「えっ、紙コップ？」

怪訝な顔をする麗子に、やよいは慌てて男のそでを引く。

「ちょっと、お客さま、その件は内緒です」

麗子の使用済みのコップなど渡してはいなかったのだ。

と、その時だった。麗子は帽子を脱ぎ、まじまじとやよいを見据える。

「あら、あなたやっぱり短大で一緒だった黒木やよいさんよね？　東都航空のCAになったって聞いてたけど、まさかここで会うとはね、十五年ぶりかしら」

麗子はツンと鼻先をあげた。

「気づかれたんならしょうがないわね」

やよいも心持ち顎をあげて、腕を組む。

鼻先ごしに射るような視線を麗子に向けて、

「そういえば私たち、さんざん『ミスコン荒らし』って呼ばれてたのよね」

クールに返した。

「そうね、小さなミスコンも入れれば、お互い二十勝はしたかしら」

「あなたが優勝の時は私は準ミス。私が優勝すれば、あなたは二位」

「そうよ、そして私は女優に、あなたはＣＡになった」

二人は紙コップ片手にたたずむ男の存在など忘れたかのように、昔話に花を咲かせたが、目はお互いの容貌をしっかりとチェックしている。

「商社マンと結婚したって聞いたけど、結婚生活はどう？」

「おかげさまで、いまだ独身の女優さんにお伝えするのが気の毒なくらい幸せよ」

「そういえばこないだのドラマで、セックスレスの人妻役を演じたわ。しかも人妻ＣＡ。ふふっ」

「なにが可笑しいのよ」

二人の美女が火花を散らしたところで、

「す、すごい！」

素っ頓狂な声をあげるメタボ男に、麗子とやよいは冷徹な視線を浴びせた。

しかし、当の本人は気づかぬ様子で、

「いやあ、すごいですよ。こんな美女二人がそろうなんて……実は僕、『プリンセス・ランジェリー』というブランドのチーフデザイナーなんです」

「えっ！」

二人同時に驚きの声をあげる。

こんな冴えない男が、あのプリンセス・ランジェリーのデザイナーですって
――？　声に出さずとも、おそらく互いが心の中でそう叫んでいたに違いない。

「で、いきなりですが、ぜひぜひお二人にご協力をお願いしたい！」

頬を紅潮させながら告げる彼に、まずは麗子が口火を切った。

「プリンセス・ランジェリーって、あのハリウッド女優御用達のハイクラスなブランドじゃないの」

「はい、今年から弊社のイメージを一新しようということで、僕がチーフデザイナーに抜擢されました。あっ、僕、及川太郎《おいかわたろう》と申します」

「そう、及川さんて言うの。一応、確認しておくけれど、同じ名前を騙《かた》った類似ブランドじゃないでしょうね」

キッと睨みを効かせる麗子に、及川は両手をあげたフリーズのポーズで、ぶると首を振る。

「と、とんでもない！　正真正銘、あのプリンセス・ランジェリーです」

やよいは言葉を失っていた。愛用しているランジェリーは、なにを隠そう、すべてプリンセス・ランジェリーなのだ。

身につければ、たちまち淑女にも小悪魔にも王妃にもなれる魅惑のブランド。そして、今やランジェリー界を席巻すると言っても過言ではない。

この男、とてもデザイナーには見えない風貌だが、大いに興味をそそられる。

「で、なにを協力すればいいのかしら？」

乗り気な様子で麗子が訊ねた。

「試作品をご試着いただきたいんです。ちょうど三十～四十歳をターゲットとした新ラインの商品開発に力を注いでるんです。これだけの美女だ。イメージキャラクターや美魔女コンテストなんかにも出てもらえたら嬉しいんですが。その他、様々なメーカーとコラボして業務拡大を図ったりと、策を練っています」

及川が力説すると、

「えっ、イメージキャラクター？」

「美魔女コンテスト？」

美女二人は同時に声をあげた。

傍で麗子の目が輝くのがわかった。

昔と変わっていない。自分に利のある匂いを嗅ぎ当てる嗅覚と、いかに取りこむかという計算に長けていた。

この瞬間、うまくいけば今の位置から、飛躍できるかもしれない、ドラマで主役を張れるかもしれない、などと野心を抱いたことだろう。

やよいだって負けてはいられない。三十五歳とは言え、まだまだ女を捨ててはいないのだ。

協力を承諾する二人に、

「では社内に通しますので、後日、正式にご連絡させていただきます」

及川は、ちゃっかり紙コップ片手に客席へと戻る。しばしの沈黙のあと、

「十五年ぶりに会ったと思えば……」

苦笑する麗子に、やよいはあえて高飛車な笑みを向けた。

「面白いことになりそうね」

2

三日後、午後九時――

「ようこそ、我が『プリンセス・ランジェリー』の本社へ」

デザイナーの及川が青山にあるオフィスのドアを開けると、ずらりと並んだ胡蝶蘭やバラのアレンジが、やよいと麗子を迎え入れた。

「まあ、なんて素敵なオフィス」

やよいが声をあげる。

今日は、手持ちの中でも一番華やかなイタリア製のライムグリーンのワンピース姿だ。クールな美貌がいっそう際立ち、現役女優の麗子といい勝負のはずよとやよいは華やいだ雰囲気に酔った。

「思ったより、広くてオシャレね。ベストセラーになった私の写真集のスタジオもこれくらいだったかしら。合格よ」

深いスリットの入ったブラックドレスをまとう麗子はクールを装い、はしゃぐやよいを見くだすようにいかにも余裕たっぷりの様子だ。

それが、やよいの闘志に火をつける。

「スタッフは全員帰りましたので、ご安心ください。さ、どうぞ奥へ」

今日も古臭いトレーナー姿の及川は、メタボな腹を突き出しつつ、得意げに美女二人を奥へと案内する。

社内は白を基調とした洒落た空間で、百台はあろうかと思えるデスクが整然と並んでいる。

あちこちに配されたソファーや観葉植物も、さすがにセンスがいい。

壁には、新作ランジェリーをまとった外国人モデルのポスターが貼られている。

(ここがハリウッド女優御用達のランジェリーの本社オフィス……)

やよいの興奮は高まる一方だ。

なにしろ、長年愛用している高級下着ブランドなのだ。

窓ごしの夜景はジュエリーのように煌めき、昂揚した気分をさらに盛りあげてくれる

「さあ、ここが試着室ですよ」

及川が奥の扉を開けると、そこは淡いシャンデリアが灯る二十畳ほどの部屋だった。

さすがに麗子も目をみはるようなゴージャスさだ。

大理石の楕円形テーブルにベルベットのソファー、金の飾りを施したドレッサーや、天蓋付きのベッドは、まるで外国の童話に出てくるお姫様の部屋そのものである。

「いいでしょう?　ここはマリー・アントワネットをイメージした空間になって

いるんです」

そう自慢げに言うと、及川はそそくさとキャビネットの後ろに回りこんだ。

麗子とやよいは部屋を歩きながら、飾り棚や硝子のオブジェ、大面鏡をあれこれと眺めていく。

「お待たせいたしました。では、これにお着替えくださいい」

振り返ると、及川が両手に持つ薄物を差し出した。


「ちょっと！　なによ、これ！」

テーブルに広げられた商品を見て、やよいも麗子も驚きの声をあげた。

無理もない、それはとうてい下着とは言い難い、超セクシー、いや、倒錯的なセックスプレイを想起させる、目をそむけたくなるような破廉恥そのもののランジェリーだったのだ。

「スケスケじゃない……」

やよいは真紅のブラジャーと揃いのTバックを手に取った。

極薄レースのため、乳首も陰毛も丸見えなのである。

「やだ、私のはオッパイとアソコが丸見えよ」

対して、麗子に与えられたのはボディストッキングだ。所々カットされているそれは、乳房と陰毛部から尻にかけて露出するという淫ら極まりない逸品。

「こんなの着られないわよ」

二人同時にテーブルに返すと、

「ちょ、ちょっと待ってください」

及川が慌てて言った。

「今年のテーマは、ずばり『悩殺的美魔女』です。三十~四十代の美しい熟女をさらに魅力的に見せるデザインとなっていますので、ぜひ試着してほしいんです」

興奮のためか、なんとしてでも試着に持ちこませたいのか、彼の鼻息はますます荒くなっている。

「お願いします。お二人ほどの美女ならきっとお似合いです。そ、そうだ、デザイナーの権限で、新カタログのモデルはお二人にやってもらえるよう、会社にそう言いましたので」

「モデルですって?」

「外国人モデルを差し置いて、私たちが?」

二人は目をみはった。

「はい、金髪のモデルって、案外と日本のユーザーの共感を得ることができないんです。その点、お二人はターゲットの年代層にマッチしますし、より魅力的に着こなしてくれる日本人女性ですので。しかも、麗子さんは昨年出したヘアヌード写真集に加え、美容とライフスタイル本の売れ行きも好調で、女性ファンも増えたと聞きました。もちろん、やよいさんは女性憧れのCA。セレブでちょっと、スリリングな経験をしてみたい女性にはぴったりなんですよ」

へへへ、と彼は揉み手をする。

「どうする?　やよいさん」

麗子は訊いてくるが、その表情には及川のヨイショ発言で、心は決まったようだ。というより、私だったらこんなセクシーランジェリーだって着こなせるのよ、という優越感と挑戦的な眼差しを向けてきた。

なによ、偉そうに。

「そうね、試着だけならしてみましょうか」

ミスコン時代のライバル心が蘇った。やよいも、後には引けなかった。

十分後——。

「おおっ、なんという神々しさ！　お二人ともセクシーすぎます。鼻血が出そうですよ」

着替え終えた美女二人を前に、及川は小躍りせんばかりだ。

大面鏡に映ったのは、ほぼヌードに近い長身グラマラス美女ふたりの艶姿《あですがた》だった。

やよいは、Dカップの乳房と薄い陰毛が透けて見える極薄レースの真紅のランジェリー姿。引き締まった美脚は、太腿までの絹のストッキングで包まれ、ガーターベルトで吊っている。

一方、ボディストッキングを着た麗子は、写真集以上に煽情的だ。

推定Eカップのまろやかな乳房と、情熱的にけぶる濃い目のヘアを惜しげもなく晒している。

「いやあ、これほどまでにお似合いとは……」

及川は吹きだす汗をハンカチで拭いながら、欲情剝きだしの視線を寄こす。

チノパンごしに、股間が勃起しているのがわかる。

「ちょっと、なに興奮してるのよ」

ツカツカと彼に歩み寄った麗子が、ズボンを突きあげているモノを咎める。

「い、いえっ、これは正常な男の反応で……こんなにもお美しいお二人を見て無反応なのは、かえって失礼……いえ、男じゃありません」

薄笑いを浮かべ、両手で股間を押さえる及川に、

「そもそも、さっきから『二人とも』っていう言い方が気に食わないのよ」

麗子はやよいと一緒くたにされているのが気に入らないようだ。

「は？」

「飛行機の中でコーヒー配ってるだけのＣＡと、女優の私をひとくくりにしないでほしいわ」

「えっ……あの……」

「私はヘアヌード写真集まで出してるの。生で拝めることに、もっと感謝なさい」

そう露骨に言われれば、やよいも黙っていられない。

「ずいぶんな言い草じゃない。脱がなきゃ売れない女優がなに生意気言ってるのよ」

ヒールを踏み鳴らしながら、麗子と及川の前に立ちはだかる。

「ま、まあ……落ち着いてください……」

及川は汗みずくとなり、おろおろしている。

「ねえ、及川さん、麗子さんと私、どっちがセクシーかしら？」

「ええっ……そんな……」

逃げ腰になる及川に、さらに畳みかける。

「あら、私も聞きたいわ。この女と私を見て、どっちが興奮するの？」

「い、いえ……どちらも素敵すぎて、どっちなんて決められませんよ」

「それじゃ、困るのよ。学生時代から私たちミスコンで競い合ったんだから。さあ、聞かせて」

麗子が迫る。

やよいとて同じ思いだ。困り果てている及川から麗子は視線を移し、

「やよいさん。私と勝負しない？」

「勝負？」

「ええ、どっちが及川さんを興奮させるか、競いましょうって意味。ちょうど素敵なベッドもあることだし」

「どうするのよ」

「そうねえ、二人のうちで及川さんを喜ばせたほうが勝ちっていうのはどう？　嫌なら断ってもいいのよ。うふふ」

麗子の瞳が蠱惑的に輝いた。


ピチャッ……ネチャッ……。

「クウウッ……まさか、こんなことに」

五分後、服を脱がされた及川は、ベッドで麗子とやよいに、両乳首を舐められていた。

「うふふ、乳首がカチカチよ。及川さんたら、感じやすいんだから」

言いながら、麗子が小豆色の乳首を甘噛みする。

「ヒイッ……」

やよいも負けてはいられない。

競争心に日頃の欲求不満解消が加わり、ネチネチと及川のメタボな体に舌を這わせていく。

及川の体は肥満しているが、肌はすべらかで、大福餅のようにもっちりした肌触りだ。

体毛も薄く、思ったほど汚くはない。

乳首を責めていた二人の手は、いつしか下半身へとおりていった。

いきり立つペニスをやよいが握ると、

「おおっ……おおっ」

及川が悲鳴をあげる。

「意外と立派なのね。硬さも十分だわ」

そのまま、ズリズリと肉胴を上下にしごき始めた。

「くううっ」

「やよいさんばかり、ずるいわ」

麗子もライバル心剝きだしで、彼の股間をまさぐってくる。

「ひいっ……麗子さん、タマをそんなに握られると……」

「うふふ、気持ちいいでしょう?」

どうやら、麗子は陰嚢を刺激し始めたらしい。

二人の美女は両側から乳首や脇腹を舐めながら、及川の下半身を同時に責めたてる。

剝きおろした包皮を、亀頭冠にぶつけるようにこすりあげ、ふたたび剝きおろすと、いつしか尿道口からはカウパーが噴きだし、やよいの指を濡らしてきた。

「いやだ、及川さんたらべちょべちょ」

「ううっ、す、すみません」

なおも上下にしごき続けると、麗子が強引に横入りしてくるではないか。

「やよいさん、邪魔よ」

やよいの手を払いのけ、股間に顔を寄せると、亀頭をぱっくり咥えこんだのだ。

「ほおおぉっ！　白石麗子さんが、まさか僕のチンポを……」

感激の声をあげる及川を横目に、麗子は頬をすぼめ、ジュポジュポとペニスを吸いあげる。しかも、時おり乳房に亀頭をこすりつけるというAV並みのいやらしさだ。

「か、感激だっ！　まさかこんなことまで……ァアアアッ、もう死んでもいいくらいだ」

その雄叫びに、すぐさまやよいが反応する。

「麗子さん、悪いけどご一緒させてもらうわよ」

やよいが麗子の横に陣取ると、静脈を浮き立たせた野太いペニスをネロリと舐めあげる。

「ほううっ、夢にまで見たダブルフェラチオ……くうう……嘘みたいだ」

歯を食いしばる及川に、「まだまだよ」と言わんばかりの口唇愛撫が浴びせられた。

美女二人は、互いの舌をぶつけ合いながら、肉胴や裏スジ、亀頭のくびれを舐め回していく。

3

ピチャッ……ネチャッ……。

「……あひぃッ」

及川はベッドで、メタボ腹を揺らした。

自分のペニスを奪い合う二人が、憧れの女優・白石麗子と、美貌の人妻CA・やよいであるうえ、二人は悩殺ランジェリー姿なのだ。彼でなくとも、男であれば全身を興奮に燃やし、恥も外聞もなく身悶えるに違いない。

「くうっ……微妙にお二人の舌づかいや感触が違って、たまらないッ！」

その雄叫びに、やよいはなおも激しく舌を蠢かせる。

裏スジをこそげつつ、Dカップの乳房を及川の体になすりつけている。生真面目な夫には決して使うことのできない性技を、ここぞとばかりに繰り出す。

隣では同じように、麗子が濃厚なフェラを浴びせていた。

甘く鼻を鳴らしながら、唾液を垂らしてはカウパー汁ごと吸いあげ、わざとニチャニチャとはしたない音を立てている。

(さすが女優ね、マクラ営業とかしてるのかしら?)

ボディストッキングに包まれた麗子の肢体は、女性が見てもぞっとするほど艶《なま》めかしく、悔しいことに神々しくさえある。

だからこそ、決して負けるわけにはいかない。

(そうよ、麗子にだけは負けられないわ)

やよいがTバックの尻で、ずんと麗子の体をベッドの端に追いやると、麗子も意地でも譲らないとばかりに、グイグイと押し返してくる。

互いの対抗心に、いっそう火が点いたようだ。

やよいは、ミスコン時代に競い合った過去を反芻《はんすう》しながら、根元から舐めあげた肉棒の先端を、パクリと咥えこんだ。

「うほほおっ……おお」

そのままジュプジュプ首を打ち振ると、及川の呻《うめ》きは、快楽と愉悦を超えた獣のような悲鳴に変わっていく。

横で麗子が舌打ちするのが聞こえてきた。

(ふふん、どんな勝負でも、麗子に勝ちは譲るもんですか)

一本のペニスを巡り、二人で押し合いへし合いしているうちに、

「ちょっと、やよいさん、邪魔よ」

麗子も闘争心剝きだしで首を伸ばし、強引にペニスを咥えようとするではないか。

汗が飛び散り、歯がぶつかり合った。

「だめ、あなたは引っこんでて」

「そっちこそ」

麗子が怒張を奪い取ると、やよいも負けじと取り返す。

「離しなさいよ」

「うるさいわね」

ペニスを摑んでは奪われ、奪い返すうちに、猛り立つペニスがビクビクと脈動し始めた。

「ひいいっ、そんなに強くこすられると、出ちゃいます」

しまいには、及川が情けない声をあげる始末だ。

二人は顔を見合わせる。

「しょうがないわね。一時休戦よ」

麗子の提案に、

「わかったわ。ペースを落として、一緒に舐めましょう」

やよいも呼吸を合わせ「せーの」で舐めあげる。

チロチロと舌を絡めては、唾液とカウパーを啜り合い、吸茎を深めていく。

再び淫靡な空気が室内を満たすと、

「アウウ、最高だ……ううう」

三者三様に、湿った吐息と喘ぎを漏らし始める。

ピチャッ……ジュポポッ……。

交互に亀頭を咥えては、ジュポンッと下唇で弾き、再び唇をかぶせては、チロチロと尿道口を刺激する。

「おおっ、ほおおおおッ」

及川はトドのようなメタボ体を左右に震わせ、実にご満悦だ。

淫靡な唾音がいっそう卑猥に響き渡る。

と、麗子に異変が起きた。

「ンンッ……ハウウッ……」

口唇愛撫をしながら、次第に大きくなる喘ぎ声──そのうえ、剝きだしの恥丘を、及川の腿やベッドの縁になすりつけているではないか。

「ああンッ、こんなエッチなランジェリー姿でペロペロしてると、体がおかしくなっちゃう……ンンッ」

辛抱ならないといった様子で叫ぶ麗子を見ると、

(麗子ったら、意外と男に不自由してるのかしら)

高飛車な態度を嫌う男たちは珍しくないだろうし、麗子のプライドはそんじょそこらの男を相手にはしない。麗子も意外に欲求不満を溜めこんでるのかも。

やよい同様、熟れた体を持て余しているのかもしれない。

「あン……もう我慢できない！」

ペニスを吐き出した麗子は、疾風のごとく、及川の体に馬乗りになった。

やよいが呆気にとられていると、麗子は慣れた様子でM字開脚を披露した。

「れ……麗子さん！」

憧れの女優のワレメを前に、及川は一瞬にして、茹でダコのように顔を赤らめる。

あわあわと慄く彼を前に、麗子は勝ち誇った表情を作り、

「うふふ、どう？　私のここ」

Ｖ字にした指で、花びらをめくりあげた。ごくりと唾を飲む及川は、やがて取り憑かれたように、言葉を発する。

「か、感激です！　なんてキレイなピンク色なんだ。美人のオマ×コは美人なんですね」

その賞賛に気をよくしたのか、

「じゃ、もっと感激させてあげるわ」

うっとりと囁いた刹那、麗子は握り締めた屹立を秘唇に引き寄せ、数回、濡れ溝にこすりつけると、勢いをつけて腰を落とした。

ズブッ……ズブズブッ……！

「おうううっ、くうううっ」

「ハァァアンッ……ンンンッ」

二人同時に声をあげた。

「ンンッ、きつい。及川さんのオチンチン、根元までズッポリよ」

「くうう、なんという締まりのよさ。これが麗子さんのオマ×コの中……」

及川も全身を真っ赤に染めあげて、感極まった様子だ。

麗子は、横にいるやよいのことなど無関心と言った体《てい》で、腰を使い始めた。

亀頭ぎりぎりまであげた腰を、ズブリと落とし、再び引きあげては沈ませる。

「ハアン……いいわあ」

「はふう、僕もたまりません」

「ねえ、カタログモデルの話、間違いないわよね？」

蠱惑的な笑みで及川の顔を覗きこむ。

腰を振り立てながら、仕事の確約を持ちかけるとは、なんという抜け目なさだろう。

だが、

「も、もちろんです！」

そんな策略よりも、今は欲望に耽溺している及川である。

「絶対よ」

「はいっ、あああ……ハアッ、ハアッ、ますます締まってきました」

「うふふ、モデルの確約をくれたご褒美よ」

ここで、面白くないのがやよいである。

ベッドでもつれ合う二人の横で、すっと立ちあがると、及川の頭側に向かった。

「ちょっと、及川さん！」

「ひっ、や、やよいさん」

「元々、麗子さんのファンだからって、私のこと、ないがしろにするなんてあんまりじゃないの」

そう言うなり、麗子に背を向けたまま、及川の顔面にまたがったのだ。

極薄のTバックは、すっかり愛蜜でぐしょ濡れである。

それをかまわず、彼の顔面にこれでもか、と秘裂をなすりつける。

グニュッ……グチュチュッ……。

「アウッ……や、やよいさんっ、苦ひい！　息が……」

彼の言葉などどこ吹く風、やよいはTバックの紐をずらして、直接、女陰を密着させ、ズリズリと前後に動かした。

窒息寸前で悶えるも、そこは男の性《さが》、身悶えつつも女膣をレロレロと舐めてくるではないか。

舌は濡れ溝を的確に這いまわった。

「アアァン……そこ、気持ちいい。及川さんのクンニ、上手よ……」

やよいは精いっぱいの甘え声を出した。

「アン……いいわあ……クリちゃんもナメナメしてね」

「も、もちろんです！　フガッ、フガフガッ」

及川は両親指で花びらをめくりあげて、肉芽を転がし、存分に吸いしゃぶった。

「ハァ……最高」

恍惚に浸るやよいを、麗子が許すはずがない。今度は、麗子が怒声を響かせた。

「ねえ、やよいさんが来てから、これが硬くなるってどうゆうことよ！」

「い、いえ……すみません」

「私への挿入より、やよいさんの顔面騎乗のほうが興奮するってわけ？」

「いいえっ、決してそんなわけでは……」

問い詰められる及川が、一瞬、舌の動きを止めると、

「ほらほら、ちゃんと舐めてね。散々、あなたのモノもしゃぶったんだから」

やよいはこれ見よがしに言い放つ。

「もう、許せないわ。こうしてやる！」

怒りに任せ、麗子は腰を振りまくった。後ろを見ずとも、壁際の大面鏡がスト

リッパーのごとく腰をグラインドさせる痴態を映し出している。

ズブズブッ……ジュブブッ……！

「ひいいいいっ」

激しい粘着音に加え、甘酸っぱい女の淫臭まで立ちのぼってくる。

麗子の激しさが連鎖したのか、及川の舌の動きがとたんに速度を増した。

ネチャッ……ネチャネチャ……！

「はううっ、いい……すごくいいわ」

自然と腰が揺れ弾んだ。こすれた繊維はひも状になり、もはや下着の意味をなしていない。

気づけば、やよいの手は、及川が舐めやすいようにクロッチ部分を、思い切りずらしていた。

「あん、あん、最高……及川さん、上手」

クリトリスを転がされ、充血した花びらを吸われたやよいは、久しぶりに女の悦びを噛み締めていた。

及川の舌が躍るたび、総身が粟立った。

こんなにも、背筋に快美な電流が走り抜けたのはどのぐらいぶりだろう。

蕩ける淫肉は、なおも貪欲に舌の刺激を欲している。いつしか、やよいは絶頂を極めようと、秘口をぐいぐいと彼の顔面を圧しつけていた。

甘い痺れが下腹から脳天へと突き抜けていく。ああっ……あああっ!!

「ああんっ、イキそう。及川さん、このままイカせて、アアッハァ……ッ!」

ガクンガクンと大きく痙攣させると、数年ぶりに大絶頂が体を突き抜けた。

オナニーでは決して味わえない、恍惚と浮遊感の極みであった。


「ハァ……」

心地いい疲労感から目覚めると、聞こえてきたのは麗子の声だ。

「さあ、今度は私をイカせるのよ」

「ええっ、もう第二ラウンドですか?」

「当たり前じゃない。そうねえ、次はバックからハメてもらおうかしら」

麗子は熟れた尻を突き出した。

4

「早くぅ、次は後ろからよ」

ベッドで四つん這いになった麗子は、剝きだしのヒップをぷりぷりと揺すった。

美曲線を描く悩殺ボディはパーフェクトだが、今の今まで及川のペニスを呑みこんでいた女陰は、紅色のラビアが満開にめくれ、卑猥なことこの上ない。

物欲しげにヒクつく蜜まみれの粘膜——まるで食虫植物のようだと、絶頂を迎えたまま寝そべっているやよいの目には映った。

ボディストッキングから突き出す乳首も、浅ましいほど尖り立っている。

「感激だなあ、麗子さんがこんなスケベだったなんて」

感嘆の言葉を漏らしつつ、及川は背後から麗子の双臀を摑んだ。

一気に挿入と思いきや、

「そうだ、せっかくだから全部この目に焼き付けておこうかな」

及川は引き寄せた尻に顔を近づけ凝視する。陰部に切れ目のあるデザインは、アヌスまではっきりと見ることができるのだ。

「へえ、麗子さんのアヌス、傷もないし、グレイがかったバラの蕾みたいでキレイですよ。周りの毛も、エロくていいなあ」

「あ……ああんっ……そんなところは見ちゃダメ」

先ほどの高慢ぶりから一転、麗子はいやいやと尻を振り立てる。

「おっ、ヒクヒクして悦んでますよ。アソコから透明なおシルがダダ漏れだ」

嬉々として告げられると、麗子は耳まで真っ赤に燃やし、顔を歪めている。

アソコは許せても、肛門の指摘にはまだ恥じらいがあるらしい。

「もう……お尻はいいから、早く……お願い……」

及川に揉みしだかれながら、くなくなと揺れる尻が、早く入れてとせがんでいる。

「仕方ないなあ、本気汁までこんなに噴かせちゃって」

及川はペニスを握り締め、愛蜜でぬめる秘口にあてがった。

結合をせがむ麗子を焦らすように、浮き出た静脈の凹凸をネチネチとなすりつける。

「あん……イジワル」

「テレビではクールな悪女役が板についてるけど、素顔は色情狂だったんだね」

彼は興奮に小鼻を膨らませた。

「そうよ、女はみんなスケベなのよ。ふだん澄ましている女ほど、ベッドの上では乱れたいんだから。ねえ、やよいさん？」

麗子は隣で横たわるやよいに視線を流した。

「えっ……？」

唐突に投げかけられた言葉に、やよいは戸惑いを隠せない。

及川のクンニリングスで絶頂を極めた体は、まだ甘い余韻に包まれたままだ。

しかし、ここで怯むわけにはいかない。極めて平静を装い、わずかに身を起こすと、「ええ、そうね」と、妖艶な微笑を返す。

「麗子さんの言う通りよ。男の人だって、昼は淑女で夜は娼婦っていう女が理想なんでしょう」

そう、セックスに重きを置かず、ちょっとセクシーなランジェリーにさえ眉をひそめる夫に言ってやりたいセリフだ。

（それにしても及川さん、冴えない風貌からは信じられないほどタフなのね）

急角度に反り返ったペニスは、いまだにメタボ腹を打たんばかりに黒光りしている。

剝きだしの欲情に、男気さえ感じてしまう。

この逞しいもので、アソコを一気に貫かれたら――。

ツツーッと、やよいの内腿に愛蜜が滴った。

性感の研ぎ澄まされた女体は、さらなる刺激を求め、息苦しくさえ感じてしまうのだ。

我を忘れるほど、突いて突いて突きまくられたい。

そう思った直後、

「麗子さん、そろそろ入れてあげますからね」

ワレメを往復していた太棒が、動きを止めた。

及川は肉ビラをめくり、狙いを定めると、弾みをつけて一気に貫いた。

「アアンッ……ハァアアアアッ」

四つん這いのまま、麗子の背が大きくのけ反った。さらに及川は腰を入れる。

パンッ、パパパンッと肉のぶつかる音に加え、汗まみれの体を痙攣させ、麗子は
オフィスの外まで響くような悲鳴を放った。

「アアァンッ……当たってるの……いっぱい当たってるの」

徐々に速まる打ちこみのたび、緩くウェーブさせた髪が逆立ち、波打った。

ズニュッ……ズニュニュッ……。

「ほおお、さっきとは違う感触がこれまたいいぞ」

勢いづく及川も、渾身の乱打を見舞い続ける。その激しい粘着音から、女膣が
相当な強さで穿たれ、掻き混ぜられることを夢想してしまう。快感の呻きととも

に漂う甘い女臭が、やよいの媚粘膜を、熱く煮えたぎらせていく。

（ああ、我慢できないっ）

やよいは、呼吸も瞬きさえも忘れ、ただただ見入るばかりだ。

かさぶたを剝がすようなひりつきが広がり、体の奥深くで湧きでた淫蜜が、ぐずぐずと溶けだしていく。

ああ、麗子を貫く剛棒に、私も打ちのめされたい——。

やよいは、ふらつきながら、及川の後ろに移動した。

律動のたびにぶらぶら揺れる陰嚢に手を伸ばすと、無花果《イチジク》のような玉袋をきゅっと握り締めた。

「ほおおっ……やよいさん！」

「そのまま麗子を突き回しててていいわよ」

陰嚢を弄りつつ、もう一方の手では、蟻の門渡りからアヌスをなぞっていくと、

「あううう……」

及川が低く呻いた。

「お尻が弱いの？　じゃあ、舐めてあげるわね」

膝をつき、尻のワレメに顔をうずめた。そのまま舌を伸ばし、放射線状に伸び

るアヌスをつんつんと貫いた。

「ヒイッ……はふうう」

「もっとヨガっていいのよ。その代わり、私もカタログの件、よろしくね」

ピチャッ……ニチャチャッ……。

かすかな苦みが舌先を刺激した。皺を伸ばすように、螺旋にねぶると、

「クウッ……」

「ああんっ」

及川はおろか、麗子まで甲高い悲鳴をあげるではないか。

「アアン……及川さん、急に激しくなったわ……どうしちゃったの?」

「そ、それは……やよいさんが、僕のタマと肛門を……あうう」

「アン、アンンッ……すごくいいッ」

やよいのアナル舐めが功を奏したのか、快楽の連鎖につながっていく。

ピチャッ……ニチャチャッ……パパンッ、パンッ!

「アアンッ……及川さん……!」

大面鏡には、及川の肛門を舐めるやよい、その及川にバックから貫かれる麗子の姿が映しだされていた。

なんて卑猥な光景なのだろう。そう思う間に、やよいの女陰に耐えがたいほど疼きがせりあがってきた。

クリトリスが脈打ち、充血した肉ビラのあわいから灼熱の粘蜜がこぼれ、内腿を伝い落ちていく。

ああ、早く欲しい。

入れて、入れて——！

「アアン……ガマンできない」

限界を感じたやよいは、ついぞ麗子の横で四つん這いになった。つまんだTバックを横にずらして濡れ花を晒し、結合を求める。

「お願い……早く」

「ええっ、二人同時ってことですか？」

麗子にズッポリとハメながら、及川はうろたえている。

「そうよ。ね、いいでしょう？　麗子さん」

隣の麗子に断りを入れると、

「仕方ないわねえ。悪いけど及川さん、やよいさんも入れてあげて」

相変わらず、高飛車な口調で言い放つ。

「い、いいんですか？　こんな美女二人と同時にだなんて信じられない」

「ええ、交互にね」

麗子の許可をもらい、

「わ、わかりました」

及川は、うんしょとペニスを引き抜く。

「とりあえず、お二人はもっとお尻を寄せてください」

及川の声に、二人がヒップを並べると、

「おお、なんて壮観なんだ。麗子さんのワレメ丸出しの美尻と、やよいさんのヌレヌレTバックの食いこみヒップ」

「やよいさんから入れてあげて」

「『鶯《うぐいす》の谷渡り』なんて初めてですよ。人生で最高の日だ」

及川は嬉々として、やよいの側に移動し、がっちりと尻を摑み寄せた。

「やよいさん、行きますよ」

「ええ、早く……」

四つん這いのまま、やよいは恍惚に身を染める。

男に貫かれる寸前の、得も言われぬ瞬間だ。亀頭が密着した刹那、野太いペニスがヌルヌルヌルッと一気に膣路を貫いた。

「ハァァウウッ……ッ」

子宮口まで到達したかと思えるほど激烈な衝撃は、同時に脳天にも響いていた。これほどの打撃力は、何年ぶりだろう。泣きたいほど甘美な圧迫と摩擦。窮屈な肉路を割り裂かれる、確かな手ごたえだ。

加えて、隆々と反り返る剛棒が膣上部のGスポットをしたたかにこすってくる。

ズチャッ、ヌチャチャチャッ……！

「オオオッ、やよいさんも抜群の締まりだ。さすが立ち仕事で鍛えられたCAの下半身は違いますね。麗子さんは奥に引きずりこむようなヒダのうねりが抜群で、やよいさんはキュッキュッと押し包むようなキレのある圧迫感が最高です」

及川は感激したように、徐々に高速乱打を見舞ってきた。

パンッ、パンッ、パパパンッ！

「ハァアッ……いい……すごくいいのッ！」

やよいは、ガクガクと震える四肢を踏ん張った。しばし抜き差しが続き、大きく深呼吸した及川が、「むむっ」とペニスを引き抜くと、

「アンッ、やめちゃイヤ！」

やよいはこの世の終わりのような声で哀願する。

だが、隣にいる麗子が黙ってはいない。

「だめよ。フェアに行きましょう。及川さん、今度は私よ」

命令調ながら、麗子の表情は期待と興奮に満ちあふれている。

「よし、次は麗子さんのオマ×コに入れますよ。せーの」

ジュブ……ジュブブッ……！

「ヒイイッ……アァァンッ」

白い喉元を反らしながら、麗子は稲妻に打たれたように全身を硬直させる。

愉悦に彩られた咆哮は、次第に激しさを増す打ちこみとともに、大音量となっていく。

「ハァハァ、キツイ。カリが張ってるから鳥肌ものだわ」

麗子は膣襞を逆撫でするカリ太がお気に入りのようだ。苛烈な食い締めで男根を引きずりこんでいるのは、想像に難くない。

グジュッ、グジュジュッ……！

「これだとストレスが溜まるばかり。及川さん、私にはオユビでして」

黙って待つよりはマシとばかりに、やよいは、及川に手マンを願い出た。

「ええっ、そんな無茶な」

呆れつつも、彼は麗子に打ちこみながら、右手はやよいのワレメをまさぐった。ヌプ……と挿入した指は計三本。それを腰振るリズムに合わせて、懸命に抜き差しする。

ネチャッ、ズチョチョッ……！

「あんんッ、Gスポットをそんなにこすられたら……イキそう」

「ウウッ……私も、カリの段差がたまんない」

美女たちの切迫したアエギに、及川も限界を感じたのだろうか。まもなく、

「ぼ、僕もイキそうです。あああっ、オォオオッ……!!」

ひときわ激しい打ちこみと、指の抜き差しが浴びせられた直後、

「ハァアアッ……イク……イッちゃう」

「ウォオオオッ……！」

三人同時に悦を極める雄叫びを放った。

「ハァ……やよいさん、この勝負、どっちが勝ちかしら」

どれくらい経っただろう、静まり返ったオフィスで麗子がぼそりと訊いてくる。

「……わからないわ。三人とも同時にイッたんだもの……ハァ、ハァ……」

やよいは、自分が勝ったと言いたいが、事実は曲げられない。

二人をよそに、精力を使い果たした及川は、

「うう……幸せすぎて、僕いつ死んでもいい……」

阿呆面《あほうづら》でトドのように寝入る始末だ。

「あ～あ、だめね、すっかりダウンしてるわ」

「今日はひとまず引き分けよ。いずれ勝負しましょう」

女優とＣＡ——かつて「ミスコン荒らし」として名を馳せた二人の戦いは、まだ終わらない。

第五章　見ていた男――高松便

1

「皆さま、高松空港到着は、定刻の十七時を予定しております」

機内アナウンスを終えると、パーサーの佐倉美咲は、にこやかにキャビンへと出た。

ゴールデンウィークに突入した今、機内は四国を満喫しようとはしゃぐ団体旅行客や家族連れで満席だ。スーツ姿のビジネスマンもちらほら見える。

美咲の心も浮き立っていた。

久しぶりの高松ステイは、明日の午後までたっぷりと時間がある。

春めいたこの季節、栗林《りつりん》公園を散策しようか、丸亀町商店街ドーム広場を歩こうか、はたまた本場、讃岐うどんに舌つづみを打とうかと、着陸もしていないのに早くも心は高松にあった。

キャビン後方まで来た時だ。

「ちょっと、君」

スーツ姿のビジネスマン風の男性が、美咲を呼び止める。

見たところ年齢は四十代半ば。清潔感ある短髪に、切れ長の目が印象的だ。

「はい、なんでしょうか?」

微笑みながら腰を屈めた。

「これは、もしかしてあなたかな?」

彼は手にしたスマートフォンを差し出した。

美咲は画面を覗きこむ。

「あっ」

全身が凍りついた。

画面に映っているのは、窓ガラスごしに背後から男に貫かれる美咲の裸身――

いや、正確には、裸にCAのスカーフだけというハレンチきわまりない姿だ。

(ま、まさか……)

衝撃に見舞われつつ、必死に平静を装った。

――そうだ、四カ月前の博多ステイ。偶然同じホテルに宿泊した乗客の沼田と、一夜をともにしたのだ。

スカーフ一枚にさせた美咲を窓際に誘導した沼田は、『やつらに見せつけてやりましょうよ』と、目前のビルのオフィスで残業する男たちを前に、バックから乱打を見舞ってきた。

いや、あの時はとっさに顔をそむけたはずだ。

行為は見られたものの、顔まではわからないはず。

しかし、突きつけられたものは、見る者によって美咲とわかる決定的な一枚だ。

(あの中に、撮影した人がいたなんて……)

血の気が引いていく。

男は、美咲の顔を見つめながら、薄ら笑いを浮かべた。

動揺しつつも、慌ててはならないと必死で自分を落ち着かせる。

一回深呼吸をし、

「お客さま、どうぞ……お化粧室へ」

小声で告げると、男はさもその対応を予測していたように立ちあがり、無言でついてくる。

ガチャン――。

化粧室の鍵をかけると、狭い個室は互いの体が密着するほど近づいた。

ほの暗い照明の下、美咲は改めて男を見つめる。

中肉中背、いかにも働き盛りのビジネスマンだ。

「どういうつもりですか？」

その問いに答えず、男は手を差し伸べ、美咲の細い顎を摑んできた。

「ヒッ……」

「へえ、近くで見ると、そうとうな美人ですね」

薄笑みを浮かべる彼を前に、美咲は抵抗することができない。

いや、動転しているが、体が動かないのだ。

それでもなんとか自制心を保てたのは、彼の身なりがきちんとしており、決して素性は悪くないと判断できるからだ。

それに、あのオフィスビルは大手企業しか入っていないはず。

困惑しつつも、心は妖しくざわめいた。

あの夜のような、スリリングな体験を待ち侘びる期待が、性的に満たされぬ日々を送る体に、ぞわりと這いあがってくる。

「——佐倉美咲さんっていうんですよね」

しばしの沈黙のあと、男が口を開いた。

「なぜ、それを……」

そう言いかけて、胸元のネームプレートにハッとなる。

「あれからネットで調べましたよ。過去にＣＡカレンダーにも出てたそうですね」

「……」

「とても三十二歳には思えない美貌だ」

男の手が細い腰を摑み、ぐっと引き寄せた。

「や、やめてください」

とっさに彼の手を払いのけたが、所詮、女の力など無駄なあがきだった。男の膝がタイトスカートごしの太腿に割り入ったのだ。

「やめてくださいですって？　残業中のオフィスの真ん前で、男とハメてたＣＡがなにを言ってるんですか？」

膝はぐいぐいとワレメを圧してくる。

「ああっ」

薄笑みを浮かべる彼に、美咲は唇を震わせる。

いつかこんなことが起きるのではないか、という恐れが無いわけではなかった。しかしどうだ。男との情交から遠ざかって久しい体は、怯えと困惑こそあるものの、下腹がじくじくと疼いてくる。

乾ききった女体がそうさせるのだろうか、それとも自分の生まれ持った血ゆえの性なのか。

「あのホテルが東都航空の常宿だって知ってますよ。でも、あなたのような大胆なCAは初めてだ」

「か、会社には言わないでください。たまたま具合の悪いお客さまが同じホテルで……」

「大丈夫、他言はしません」

意味深な冷笑のあと、彼はおもむろに美咲を抱き締め、スカートをたくしあげた。

「ああっ……いやっ」

「これは感激だ。映像よりも肉づきのいい魅力的なヒップなんですね」

尻をムニムニと揉みしだく手は、前側に回り、素早くパンティの中に忍びこんだ。

「ああっ、くっ……」

太腿を閉じようとしても、割り入る男の膝と手がそれを許さない。汗が滲み、蒸れた匂いが鼻孔をくすぐった。

性毛を掻き分けた指先は、すぐさま花びらをめくりあげた。

「んんっ」

「おっ、もう濡れてるじゃありませんか」

合わせ目が無理やりこじ開けられる。

勢いづいた指は、そのままヌプリと膣路にねじこまれた。

「ッ……ハァア」

総身を硬直させる美咲に、

「しかも、いい締まり具合だ」

男が嬉々として叫ぶ。凝縮した女襞は、意志に反して、熱い恥液を噴きこぼしている。まるで、膣奥深くへと割り進む指の侵入を手助けするように――。

クリトリスを弾きながら、男は悲鳴を漏らす美咲の唇を吸い、舌を差し入れてきた。

「ングッ……」

ネチャ……ネチャ……。

絡み合う舌の動きと同様、恥肉にめりこむ指が、いっそう凶暴さを増した。

二本に増えた指が粘膜を攪拌してくるのだ。耳を塞ぎたくなるような水音が、エンジン音とともに、ぐちゅぐちゅと鼓膜を打ってくる。体が浮きあがるほどの衝撃と恍惚が、子宮から背筋をいくども走り抜けていく。

「欲求不満なんじゃないですか？　勤務中なのに、もっと欲しいってアソコが啼いてますよ」

キスを解くと、彼はすぐさま首筋や耳たぶに唇を押し当てる。

やがて、ゆっくりと指が抜き差しを始めた。

ズジュッ……ズジュジュッ……。

「あっ、あっ、あああッ……」

鉤状に折り曲げた先端が、敏感なGスポットを掻きこすった。

「だ、だめ……」

崩れそうになる膝に力をこめたものの、太腿の痙攣が止まらない。

「ますますあふれてきましたよ。美咲さんのいやらしいシルが」

男はズボンごしの勃起を下腹に押しつけてきた。同時に、浴びせられる巧みな抜き差しは、美咲の抵抗を一気に削いでいく。抗うことなど忘れたかのように、ただただ女園を弄る指に、されるがままだ。

「そんなにきゅうきゅう締め付けないでくださいよ。指がちぎれそうだ」

「ああ……くう」

羞恥に歪めた顔が、洗面台の鏡に映る。

眉根を寄せ、屈辱に噛み締めた唇――だが、こんな状況でも欲情する自分が恨めしい。

もっと、もっと――もう一人の美咲が叫んでいる。

(ダメよ……今はフライト中。早くキャビンに戻らなくては)

しかし、律する心とは裏腹に、激しく行き来する男の指に合わせ、下半身はいつしか前後に揺れていた。

「おお、さすが好きモノCAさんだ」

男がそう言ったのは、美咲の手がズボンの膨らみに触れたからだ。

咄嗟に放そうとしたものの、意志とは無関係にいきり立つものを、布ごしにしごいてしまう。

「ああ……最高ですよ」

男は再びキスを重ねてきた。

先ほどよりも激しく舌を絡め、吸い合った。歯列を舐め、歯茎や内頬までをも丹念になぞっていく。啜り合う唾液は驚くほど甘やかで、危険な味がする。

甘美な毒は、毒とわからぬうちに全身を蝕《むしば》んでいくのかもしれない。

上空を飛ぶ機体の個室で、名も知らぬ男と互いの性器をこすり続ける現実に、息がつまるような興奮を覚える。

そう、ドア一枚隔てたキャビンには、後輩CAや乗客がいる。

異変に気づいたCAが合鍵で開けてくる可能性もゼロではない。

そんなスリルの中、美咲は膣肉を弄る指の動きに意識を向け、ペニスをしごく手に力をこめた。

まとわりつく襞が、蠕動する粘膜が、食い締めを強めていく。

熱い痺れが徐々に膨張し、今にも爆ぜてしまいそうだ。

「くッ……もう……ダ……メ」

「もう降参ですか?」

嘲笑うように、男は指の動きを速めた。Gスポットに受ける甘美な摩擦が増幅するにつれ、美咲は崖っぷちへと追いやられていく。

ズチュッ……ズチュチュッ——！

「くく……ダメ……イキそう」

「やっぱりエッチなＣＡだ。イッてくださいよ、そうら」

「あううッ、はあうう……いやあぁッ！」

血が沸き立つような昂りが、美咲の総身を鋭く貫いた。

粘膜が削げ、たわんでいく。

男の股間に爪を立てながら、美咲は全身をガクンガクンと大きく痙攣させた。

「ハァハァ……」

膝が震え、立っていることすらままならない。室内に飛び交う淫気に包まれながら、絶頂の余韻に浸る美咲が、男にもたれかかった。

男の手が崩れ落ちそうな体を支えた瞬間、美咲は反射的に鏡に映る自分を見た。

「ああ……私、あなたの指で……」

口紅は滲み、結いあげた髪が汗で頬に張り付いている。

が、上気した頬は生々しく色めき、潤んだ瞳がさらなる悦びを欲している。

男は美咲の心の内を見透かしたように、鏡ごしに薄笑みを向ける。

「指だけじゃ物足りないでしょう？」

冷淡な口調だった。

しかし、今の美咲は返答すらできぬほど、思考が混濁していた。

ただ、膣奥に残る快楽の余韻が体に刻まれているだけだ。

美咲が声を発せずにいると、

「僕は高松港に近いKホテルにいます。海沿いの公園に噴水がありますから、そこで会いましょう。夜七時に」

言葉の意味を理解するまで、数秒を要した。

「もちろん、ノーパンで来てくださいね」

それを告げると、さっと出て行った。

(ノーパンで……来いですって?)

予想外の展開だった。

でも、彼は私のセックス写真を持っている。他言しないと言ってはくれたが、

もし断ったら……。

(行くしかないわ)

美咲はそう自分に言い聞かせる。

いや、写真を言い訳にして、あの男と一夜のアバンチュールに耽溺したいのだ。

あの指づかいに、すっかり惹かれてしまった……そして、手に触れたズボンを突きあげる逞しい屹立にも……。

鏡に映る美咲の瞳は、ただれた女の情欲に彩られていく。

2

「来てくれると思いましたよ」

午後七時。

高松港に近い海沿いの公園広場。

ライトアップされた噴水に近づくと、男は吸っていた煙草を携帯用灰皿にもみ消した。

「へえ、ＣＡの制服とはまた違った色気がありますね。結い髪を解いたロングヘアもお似合いだ」

光沢あるバイオレットのブラウスに、黒のタイトスカート——シックなファッションも、男にはセクシーに映るのだろうか。

まぶしげに目を細めた彼は、機内と同じスーツ姿だ。

「ここ、なかなか素敵な場所でしょう？」

美咲の困惑から気を逸らすように、彼は周囲に視線を流す。

石畳の続く港周辺は、様々なショップが入っている複合施設があり、異国情緒あふれるロマンティックな雰囲気に包まれている。

洒落たレストランカフェ、四国一高いといわれるシンボルタワー、寄港する客船、海へと続くプロムナードの先には、ガラス張りの赤色灯台が、鮮やかに煌めいている。

行き交う人々は、皆、笑顔あふれるように見えていた。

しかし、美咲の心が落ち着くことはない。

彼が美咲のハレンチな画像を持っていることが脳裏から離れず、化粧室での互いの性器のまさぐり合いが、まざまざと蘇ってくる。

しかも呆気なくイカされてしまった。

彼の指技を思い出すと、今も下腹が甘く痺れてしまう。

Gスポットを、点ではなく面で捉え、緩急つけながら指の腹でズリズリとこする指戯は、かつて付き合った男たちの誰よりも巧みだった。

彼はすぐそばのKホテルに宿泊していると言っていた。

このあと、部屋に呼ばれるのだろうか。

「ど、どこに行くんですか？」

「その前に——約束通りノーパンですよね？」

男の視線が、ハイヒールを履いた美脚に向けられた。

「は、はい……」

恥じ入るように美咲がスカートを押さえる。

「ストッキングも穿いていないんじゃ、さぞ海風が気持ちいいでしょう」

切れ長の目が、タイトスカートから伸びる素足をねめつける。

嬲るような視線と、スカートの奥へと吹きこむ潮風に、媚粘膜が妖しくヒクついた。

「とりあえず、これをアソコに入れてみてください」

男が上着のポケットから、なにか取り出した。おそるおそる伸ばした美咲の掌に置かれたのは、長さ三センチほどの楕円形をしている赤い塊だ。

「これは……？」

「ピンクローターですよ。目にしたことくらいはあるでしょう？　いや、淫乱なあなたのことだ、すでに経験済みかな？　ははっ」

「これを……入れろと？」

「嫌とは言いませんよね」

チラつかせたのは、スマートフォンだ。当然のように、画面には美咲のセックス画像がある。

美咲を意のままに従えさせる、切札にしている。

「……わかりました」

「場所はどこがいいかな？　ああ、そこのオブジェの後ろなら、誰にも気づかれないでしょう。さあ」

「そ、外で入れろというんですか？」

「もちろん」

促されるまま、大理石のオブジェの裏に回った。鼓動が高鳴る。が同時に、これから起こることに対して、女園が疼いているのも事実だった。

彼に背を向け、スカートの中に手を忍ばせる。花びらをめくり、大きく息を吐いた。

摘まんだ玩具をひとおもいに押しこむと、
ヌプッ……ヌププ……。

「あ……ァ」

潤沢な淫蜜をすべるように、ローターはいとも簡単に膣奥に呑みこまれた。

すでに、はしたないほど潤っていた。アソコが熱くただれ、ひりついている。

淫らなときめきが、じんじん膨れあがってきた。

「い、入れました……」

泣きそうな声で告げると、

「じゃあ、海辺を散歩しましょうか」

彼はそっと肩を抱いてきた。


ヴィーン、ヴィーン……。

（ああ……こんなことって……）

肩を抱かれ、海沿いの石畳を歩く美咲は、喘ぎをこらえるのに必死だった。

ヒールを穿いた脚がよろめき、今にも崩れ落ちそうになる。

いや、それよりも、すれ違う人が不自然な機械音を不審に思わないだろうか？

膣奥深くにあるローターが、微妙に振動しているのだ。

「ッう……もう、歩けません」

「だめですよ。さあ、ＣＡらしく優雅に歩かないと」

意地の悪い彼は、リモコンのコントローラーを次々と切り替えていく。

ヴィーン、ヴィヴィヴィーン――。

「アアッ……ハァ」

規則的なリズムから、三拍子、五拍子――しかも強弱まで変えられるのだから
たまらない。なんの前触れもなく、マックスまであげられたバイブレーションに、
美咲はお腹を押さえてしゃがみこんでしまった。

「大丈夫ですか？」

男は優しく背中を抱き、手を差し伸べる。

周囲の目には、さぞ仲睦まじいカップルに見えるだろう。歩き疲れた彼女を労《いたわ》る紳士的な彼を持つ美咲のことを羨む者もいるかもしれない。

「ああ……許してください……これ以上は歩けません」

「だめですよ」

罰を与えるかのように、レベルがあげられた。

膣肉がドラムのようにダダダッと叩かれる。

「ヒッ……くうううう」

淡いライトも美しいハーバーの片隅で、美咲は下腹を押さえながら、背を丸め

る。体内では、ひときわ大きく振動音が鳴っている。

「さあ、立ってください。周りが変な目で見ていますよ」

「ううっ」

仕方なしに立ちあがるが、もう我慢の限界だった。

彼は美咲が達しそうになると、わざとリモコンのレベルを落とし、決してイカせてくれないのだ。生殺し状態が繰り返されるたび、切なさと飢餓感が募り、目の焦点さえ合わなくなっていく。

クリトリスはトクトクと脈打ち、膣肉が引き攣れた。あふれる蜜が内腿を滴るたびに、誰かに気づかれないかと気が気でならない。

いや、それ以上に子宮口付近がビクビクと痙攣し、限界を告げている。

(イキたい、イカせてほしい……ああ)

欲望を宙吊りにされ、涙目になりながら、美咲はついに哀願の言葉を口にした。

「もう、……限界です……せめて、一度イカせてください……このままじゃ、私……」

身も世もないほど下半身は淫蜜を噴きだし、いくすじもの滴りが内腿に描かれている。

「わかりました。花壇の裏にガゼボ（四阿《あずまや》）がある。そこに行きましょう」

ふらつく足を踏ん張り、男に誘導されながら、なんとかガゼボにたどり着いた。

花壇と背の高い植えこみに囲まれたここは、人気《ひとけ》のない一角だった。

ヴィーン……ヴィヴィーン。

「あうッ……ああ」

ローターの振動が変わるたび、顔をくしゃくしゃにする美咲をひざまずかせた。

仁王立ちになった男がベルトを外し始める。

なにが行なわれるかは明確だった。

ズボンとともに下着をおろされると、野太いペニスがぶるんと飛び出した。

「あっ……」

濃い陰毛からそそり立つペニスは、興奮に浮き立つスジの凹凸が顕著で、禍々しいほどに反り返っていた。

「さあ、しゃぶって」

美咲の鼻先に亀頭が突きつけられた。

汗と残尿の匂いが鼻孔に忍びこむ。イカせてくれるというのは、嘘だったのか。

「せ、せめて……ローターを抜いてください。このままじゃ……」

そう言いかけた直後、ローターの振動が激しさを増した。

「ハアッ……ァアアッ！」

悲鳴をあげた隙を狙い、ペニスが美咲の口内にねじこまれる。

「ンン……ンンンッ」

「たっぷりしゃぶってくださいよ。じゃないと、いつまでもイカせてあげませんからね」

男は容赦なかった。辛辣な言葉とともに、さらに喉奥まで肉棒を押しこんでくる。ローターの振動は、あざ笑うようにミニマムとマックスを行き来した。

イキそうでイカせない、フラストレーションと快感を持続させる絶妙な操作だ。

「ぐぐ……くく」

「いい表情ですよ。上下の口を塞がれた気分はいかがです？」

非情な言葉責めに、美咲は肉の疼きをいっそう高めた。

屈辱に苛まれながらも、無意識にペニスを頬張り、舌を絡めてしまう。

ジュポッ……ジュポポッ……。

肉棒の根元を手で支え持ち、あふれる唾液をまぶしながら、首を打ち振っていく。

玩具の振動は次第に大きくなっていく。

波音や汽笛と重なる震動音が、そして男根を頬張るたびに響く唾液の音色が、鼓膜を刺激する。

もしも、誰かに見つかったら——？

そんなスリルも、美咲の体をより興奮へと導いていく。

「はあ、美咲さんのフェラチオは最高だ」

コントローラーのレベルがマックスにされた。

ヴヴィヴィーン、ヴィヴィヴィヴィヴィーーン!!

「ヒイッ……ヒッ、ハァアア」

激しい衝撃に見舞われながら、美咲は、行き場のない欲望をぶつけるように、苛烈なバキュームフェラを浴びせ続ける。

と、男の手が美咲の乳房へとおりてくるではないか。ブラウスのボタンを器用に外し、ブラジャーごしに乳房を揉みほぐすと、そのまま一気に、ブラを引きあげた。

「ハウッ……ウウ」

熱をこもらせたDカップの乳房が、ぷるんとこぼれる。

「おお、思った以上に美味しそうなオッパイだ」

彼は乳肉をわし摑み、乳首を摘まみあげた。

「ンンッ……」

指は乳首を重点的に責め始めた。摘まんでは押し潰し、ひねりあげてくる。

そのたび美咲はペニスを頰張ったまま、体をくねらせた。乳頭から流れる甘美な痺れが、血流とともに隅々まで巡ってゆく。

肉茎をしゃぶっていた唇は、ゆっくりとすべり落ち、やがて陰嚢に辿り着いた。

「おお、たまりません」

胴幹をしごきながら、睾丸を飴玉のように転がした。片方ずつしゃぶっては吸引し、蟻の門渡りにも舌を伸ばす。

「おぅ、おお……もっと後ろまでお願いします」

美咲は、傾けた顔をさらに股間にもぐらせる。ヒタ……と頰に陰嚢を密着させながら、目いっぱい伸ばした舌を後ろの穴まで届かせた。

キュッと絞った菊門を、苦しい姿勢のまま舐め続けた。

ピチャッ……ネロリ……

「ほおお……いい舌づかいだ」

男も負けじと両乳房を捏ね回しては、乳首をひねった。

二人のくぐもった声が、夜風にまぎれていく。ワレメでは相変わらずローターが振動し続けている。美咲はひたすら舌を躍らせた。

どれくらい経っただろう。

「美咲さん、立ってください」

彼は美咲を立ちあがらせると、ガゼボの柱に押しつけた。はだけたブラウスの間からは、引きあげられたブラジャーに圧された乳房が、卑猥に突きだしている。

「見れば見るほど、いいオッパイですねえ」

ツンと立った乳首を男が口に含んだ。

3

チュプッ……チュプ……。

「ハアッ……ンンン」

吸われるままに、美咲が乳房をせりあげる。崩れそうになる膝を必死に踏ん張り、ガゼボの柱に身を預けた。

ヴィーン、ヴィーン……。

膣内のローターも、微振動ながら止まることはない。

思わず歯を食いしばると、

「乳首がピンピンじゃないですか。二カ所責めで興奮しまくりですか？」

ニヤリと笑った彼の表情が、ハーバーライトに照らし出される。

「それとも、野外だから発情してるのかな？」

乳首をねぶりながら、男はリモコンのレベルをあげ始めた。

「ヒイッ……ぐぐっぐ」

苛烈な振動と強打が膣肉をえぐってくる。美咲はなりふり構う余裕もなく腰をくねらせ、ヒイヒイと掠れた悲鳴をあげた。

滲んだ涙に、細めた彼の目が一瞬ぼやけた。

「実にいい顔だ。美人が苦悶する表情って、たまらなくエロいですね」

再び膨らみに顔を寄せ、くびり出た乳首を交互にしゃぶりまくる。

チュッ……チュチュッ……。

「あう……ハァン」

巧みな舌づかいだった。

根元から乳首を掘り起こし、側面をこそげ、なぎ伏せては、ねちっこく甘噛みをする。

まぶされた生温かな唾液は、瞬時に温度を失った。

その刺激が一段、また一段と恍惚の階段を昇らせる。

加えて、女の肉にハメこまれた玩具が続けざまに責めたてるのだ。決して絶頂に達することのないよう絶妙な匙加減で。

「……もう、イカせてください……お願いです」

涙声で請う美咲を、なおもいたぶるように、男の手が脇腹をすべり、腰のくびれを伝い、スカートごしの尻を撫でた。

「くっ……」

彼が美咲の前にかがんだのは、しばらくしてからのことだった。

太腿を撫で回したあと、スカートの中に手を忍びこませる。

「あ～あ、ぐしょぐしょじゃないですか。キャビンでの優雅さとはエライ違いだ。まるで失禁したみたいですよ」

「んん……」

屈辱的な言葉を浴びせられるたび、肌熱が高まっていく。

男が濡れた内腿をひと撫でると、

「仕方がない、抜いてあげるとしますか」

スイッチを切り、ローターの尾部に手をかけた。

「むむむ」

粘膜に食いこんだ玩具が、ゆっくりと抜かれていく。

ヌプッ……ヌプヌプッ……。

「あうう……くく」

引き攣れる肉層に、美咲の顔が苦しげに歪む。

膣肉の圧迫が解けると同時に、ドロリとした蜜汁が噴き出した。

いまだヒクつき、熱を帯びる粘膜を冷気が撫でていく。

「いやらしい汁でヌラヌラですよ」

彼はこれ見よがしに玩具を見つめ、せせら笑った。

取り出した淫具をポケットに入れると、かがんだままの姿勢で、手がタイトスカートをまくりあげてきた。

「……ァァ」

夜闇に白い下腹が浮かびあがった。黒々と艶めく性毛とのコントラストがひときわ淫猥に映る。興奮に逆立つ恥毛は、汗と蜜汁で肌にべっとり張りついている。

「さてと、ここの具合を見てみましょうか」

どこまでも冷徹で支配的な男だった。

彼は太腿に手をかけると、美咲の片足をぐいと持ちあげたのだ。

「ああ……っ」

濡れたワレメがさらされる。

鼻先約十センチの位置から、彼はその場所を凝視した。荒らげた鼻息が肉ビラを震わせる。

「エロいマ×コだ。ヒルみたいに膨らんでますよ」

「や、やめて……」

美咲は顔を歪めながら、いやいやと首を振る。港のライトを受けて、色艶まで鮮明に見えているであろうヌメる女肉を想像した。

ツンと甘酸っぱい匂いが立ちのぼってくる。渇くことのない潤みはいっそう恥液を噴きこぼし、男を誘うかのように内腿を伝っていく。

「美咲さんはいけないCAだ。初めて会った男の命令で大事な所にオモチャを入れて、こんなにぐちょぐちょに濡らして」

「う……くぅ」

これ見よがしに、男がクンクンと鼻を鳴らす。

「……やめて」

「やめてもなにも、ここまでマン汁をこぼされちゃねえ、こっちも我慢できませんよ」

言葉とは裏腹に男の口調は余裕たっぷりだ。乱れる自分に羞恥心を覚え、羞恥心が快感を煽り立てる。

「そう思いませんか？　東都航空の美人ＣＡ・佐倉美咲さん」

「く……」

「ここからの眺めは最高ですよ。美咲さんの恥ずかしい濡れマ×コに、張り出したヒップ、細い腰から続くキレイなオッパイの乳首がビンビンに立っちゃってるんですから」

「う……ああっ」

「ほら、アソコが僕の舌を欲しがってヒクヒクしてますよ」

男の分厚い舌が、美咲のワレメを舐めあげた。

「ヒイッ……クウウ」

痙攣する総身を支えながら、美咲は支柱に爪を立てる。

「ずっと舐めてほしかったんでしょう。ああ、またいやらしい汁があふれてきた」

男は口許を女蜜に光らせながら、ワレメに吸いついた。

ピチャッ……ネチャッ……ッププ。

「はう……うう」

片足で立ったまま、美咲は激しく身悶えた。行き交う人の靴音や笑い声が聞こえてくる。

声を出せないもどかしさに、いつ見つかるとも知れないスリルに、昂ぶる体が熱くなる。

舌先は、ゆっくりと女溝を舐めあげては、おりてくる。

執拗に揺れながら女蜜をすくいあげ、ジュルリと飲みくだされる。

不意に、ふううっと息を吹きかけられた。

「あんんっ」

「もっと大きな声で喘いでもいいんですよ。あなたは見られたほうが燃える性質《たち》かもしれない」

再び息が吹きかけられ、潤みが滲みでた。

「さてと」

彼は指をワレメの浅瀬にあてがった。

「そろそろ入れて欲しいでしょう？　空洞になったここに」

柔らかな肉層がめくられ、指が挿入された。

「アアンッ……アア……ンンンッ」

片足をあげていることで、先ほどとは違った感触が走り抜ける。快美感が浸透して、意識がとろりと溶けていく。

指はいくども膣路を往復した。行き来するごとに、深部まで侵食されていく。

背筋を電流が走り抜け、脳天まで突き抜けた。

ズブッ、ズブズブッ……。

「はううっ」

のけ反った拍子に、クリトリスが吸われた。悲鳴を噛み殺す間もなく、深々と指がねじこまれ、舌と唇で花びらと肉芽を弄られる。

呼吸をするのさえやっとだった。

鉤状に折り曲げられた指が、さらなる圧迫を与えてきたのだ。

Gスポットが痛いほど掻きこすられると、腰が自然に跳ねあがった。

這い回る舌先が肉溝を丹念になぞり、不意をついて、ズブリと膣口に挿しこまれる。

「アアッ……イヤッ……くく」

舌と指が蠢くたび、体内からは夥しい汁が噴き出した。

潮風にまぎれ、濃厚なメス臭が漂っている。

イキたいのに、イケない――。

美咲にとっては、まさに天国と地獄の往復だった。

快楽の階段を駆けあがり、イキそうになる寸前で、一切の動きを止められる。

まるで拷問だ。

いつしか自分で乳房を揉みしだいていた。男の唇を求めてせりあげた陰部を、ぐいと押しつけてしまう。

「も……もう限界です。入れて……あなたのモノをここに……早く」

切迫した声は、恥じ入ることさえ感じない。ただただここを塞いでほしい。

「そうですか、限界なら仕方ない。入れてあげますから、片足はそのままでいてくださいよ」

男は立ちあがる。

片足立ちの美咲の太腿を抱え、もう一方の手でペニスを握り締めた。

愛液に濡れた男の唇が緩く弧を描き、サディスティックな笑みを浮かべる。

美咲を見つめたまま、肉棒をワレメに押しつけた。熱い亀頭が花びらを掻き分けると、

「いきますよ」

立ったまま、一気にズブッ……ズブズブズブッと貫いてきた。

「ハァアアアッ……ハァァアアアッ」

飢えに飢えた淫裂に、男塊が突き立てられた。

苦しげに噛み締めた唇の隙間から、どうしようもなく淫らで快美な吐息が漏れ出てしまう。

「おお、最高のキツマンですね。焦らした甲斐があった」

男が腰を使い始める。下から、もどかしいほどにスローな抜き差しだ。

「博多での夜、目の前のホテルでバックから突かれているあなたを見て、心底嫉妬したもんですよ。あれほどの美女が、どうしてあんな冴えない男とって」

「ううっ……言わないで」

責めたてるように、ペニスが子宮口を突いてくる。

「いや、言わせてください。あの男とのセックス画像を見ながら、ずいぶん慰めたもんですよ。いつかこの女のカラダを僕のものにしたい。壊れるほど突き回したいって思いながらね」

男はぐりぐりと腰をグラインドさせた。

「アアアッ……っくうう」

「それが今夜、やっと叶った」

男は浅瀬まで引いたペニスを、再びズブリと突きあげる。

「ハアアッ……アッ、アッ……」

弓なりにのけ反る美咲の体を、海風が撫でていく。

4

「アアッ……くうっ」

向き合う男が腰を突きあげると、膣路にいっそうペニスが食いこんだ。

「どうです？　あの男とどっちが気持ちいいですか？」

男は美咲の片足を持ちあげながら、ズブリ、ズブリ、と粘膜を割り裂いてくる。

ひときわ深くめりこんだ男根の猛威に、美咲は歯を食いしばった。

だが、それは同時に待ち焦がれていた一撃でもある。

ローターで弄ばれ、さんざん焦らされた挙句の、喉から手が出るほど欲しい甘美な圧迫だ。無意識に腰をくねらせ、自ら結合を深めていた。

「聞かせてくださいよ。あの夜とどっちが興奮します？」

膣奥を亀頭でこすりながら、彼はほくそ笑んだ。

「ンンッ……クウッ」

美咲は漏れ出る喘ぎを押し殺すことに必死だ。とても返答などできない。今も植えこみの向こうから、港を行き交う人々の笑い声が聞こえてくるのだ。

ガゼボの柱にもたれながら、いやいやと頭を振った。が、そんな美咲を玩弄するように、屹立は女肉を貫き続ける。

グジュッ……ヌチャッ……。

「あっ、あっ……アアッ」

抑えきれない快楽と困惑、いつ覗き見されるかもしれぬ焦りが交錯し、体は言い知れない興奮に包まれていく。

ハメこまれたペニスが、ひときわ凶暴に膣肉を圧し叩くと、三十二歳の女体は欲するままに男塊を食い締めた。

「ハァ、たまりませんよ」

熱い吐息をつきながら、男は腰を突きあげ、肉をぶつけ合う。

互いの陰毛が絡み、肌がたわんだ。

港を見渡すロマンティックな屋外であることに背徳の情欲が掻き立てられる。

男のもう一方の手が、剝きだしの乳房をわし摑んだ。

わずかに身をかがめた彼は、くびり出た乳首を口に含む。

「あう……」

美咲は、ビクンと白い喉元を反らせた。

ネロリ……ネロネロ……。

口内で蠢く生温かな舌先に、再び乳首がしこり充血していく。

「クックッ、乳首を吸うとアソコがビクビクしますね」

「ン……イジワル……」

薄笑みを浮かべた男がわずかに腰を引くと、結合が緩んだ。

「あ……ダメ……」

美咲は眉根を寄せる。

遠ざかる男根を追って結合を深めたのは美咲のほうだった。

片足立ちで自ら腰を突きだし、性器と性器をめりこませる。

「もっと奥まで欲しいんですか。淫乱なうえに、わがままなＣＡだ」

案の定、彼は勝ち誇った笑みを作る。再び腰をくねらせるも、その腰づかいはもどかしいほどにスローテンポになった。

男根をゆっくりと押し進ませ、吸着する女襞を逆撫でしながら、引いていく。貫かれるごとに増すのは、飢餓感ばかり。美咲をさらにいたぶるように、その緩慢な律動は変わらない。

「お願い……焦らさないで……もっと……もっと欲しいの」

恥も外聞もなく懇願した。

内腿にはいくすじもの愛蜜が滴っている。そう思うそばから、だらだらと粘つく汁が淫靡な匂いを漂わせている。

「そんなに欲しいのなら――」

ふっと嗤った男は、素早くペニスを引き抜き、美咲の体を強引に反転させた。

両手を柱につかせると、

「じゃあ、そのいやらしい尻をもっと突き出してください」

男の手がぺろりとタイトスカートをめくりあげる。

「ヒッ……アッ……ァ」

汗ばむヒップを潮風が撫でていく。

屈辱に苛まれながらも、素直に尻を突き出した。

「淫乱CAらしいセクシーなお尻ですね。アヌスまでヒクヒクさせて僕を誘ってますよ」

美咲は両手をついたままで頭《かぶり》を振る。羞恥と紙一重の快楽が、CAの仮面を剝がし、いっそうはしたない女に仕立てていく。

双臀が摑まれた。そのままぐっと引き寄せられると、唇から出るはずの悲鳴は、恍惚を孕んだ吐息となった。

「やはり、あなたは相当な好きモノなんですね。オマ×コから白い本気汁まで噴かせて」

呆れる男に、美咲は背中を震わせる。屈辱なのか陶酔なのか、もはや自分でもわからない。

「クククッ、そろそろ限界ですか」

その声で、知らぬ間に尻を揺すっている自分に気づいた。

「そろそろ、ご希望にお応えしましょうか」

亀頭がワレメに密着した。数回、淫裂をすべると、卑猥な水音が夜の港に響いた。

美咲は四肢に力をこめる。

「いきますよ」

ズブッ……ズブブッ……!!

熱い漲りが叩きこまれた。

「ハウッ……ぐぐ」

内臓が圧された一瞬、息が止まる。美咲は背を反らせた。

急角度にそそり立つ男根が、容赦なく粘膜を侵食し、バックならではの膣前壁への刺激がたまらない。

加えて、野外で獣のポーズで交わることが、より興奮とスリルを煽りたてる。

「ハァ……ンンンッ……」

ズッポリとハメこまれた肉路が、軽い痙攣を起こした。

「はあ、締まりの良さに加え、エロティックな尻の熟れ具合が最高だ」

ゆっくりと抜き差しが開始された。

「ハアッ、アアアッ」

美咲の震える手が柱に爪を立てる。穿たれるごとに、尾骶骨から脊髄を甘美な電流が走り抜けた。

律動は次第に速度を増した。それにつれ、尻肉を叩く打擲《ちょうちゃく》音のボリュームもあがっていく。糸を引くような粘着音が、美咲の鼓膜を穿ち続けた。

と、その時だった。聞き慣れた機械音が重なったのだ。

ヴィーン、ヴィヴィヴィーン――!

先ほど使用したローターであることは、確かめるまでもない。

「さて、もう一つの孔も塞いであげますね」

根元までペニスを圧し沈めながら、昂揚した彼が言う。

振動するひややかな感触が、後ろの孔に触れた。

「アンッ……ハァアアッ」

この状態で、玩具を肛門に入れるというのか?

「い、いや……いやです」

必死に尻を揺さぶるが、彼の手は美咲の細腰を拘束し、身動きが取れない。

「ご存じですか? 興奮するとアヌスも濡れるんですよ。その証拠に――」

振動するローターが押しこまれると、

ヌルリ……ヌルヌルッ……。

「ヒッ……くうッ……い、痛い……」

「ほら、もう一センチほど呑みこんでる。もっと力を抜いて」

肛門襞をほぐしながら、男はさらに菊門に押し入れてくる。

微振動が快美に変貌するまで、そう時間は要しなかった。

ヌプ……ヌプリッ……！

「ああ、美咲さんの美しいアヌスがオモチャを呑みこみましたよ」

怯える美咲の悲鳴とは裏腹に、玩具は後孔に沈められた。

ヴィーン、ヴィーン、ヴィヴィーン……！

レベルが徐々にあげられた。

「ハウウッ……お願い……やめて」

苛烈な振動が脳天に響いてくる。

自力で抜き取ろうと後方に回した腕が、乱暴に振り払われる。

「いいんですね？　あの写真をばら撒いても」

「う……」

切り札ともいえるセリフに体は凍りつくばかり。思考がまったく働かないが、彼の声だけは鮮明に聞こえてきた。

「大丈夫。あなたの体は悦んでいますよ。ほうら、ますます僕のチンポを食い締めて、恥ずかしい汁もあふれさせてる」

表情を歪める美咲をよそに、彼は彼女のアヌスにローターを挿入したまま、バックから肉の拳を叩きこんだ。

「アウッ、クウウッ……」

「おお、バイブの振動が、薄皮一枚で僕にも伝わってきますよ。くうう、たまらない」

男は嬉々として、乱打を見舞ってきた。

肛門の振動に加え、勢いづいた男根の威力は暴虐的だった。

穿たれるまま、美咲の体は人形のように跳ね、反り返った。

二つの孔を塞がれた美咲は混乱の極致にいた。

肛門粘膜を襲うおぞましい痺れと圧迫。しかし、女の孔を貫く快美感が、すべてを凌駕する。羞恥も嫌悪さえも、肉の渇きを満たすものには適わない。

「くうっ、ますます締まってきましたよ」

その声に、美咲は奥歯を噛み締めた。

かつてないほど、総身が轟音を立てて燃え盛っていた。男が腰を入れるごとに、獰猛な怪物に咬まれたかのような衝撃が走ってゆく。

「アアンッ……もう、……イキそう……ッ」

わななく粘膜が、二つの孔にハマりこんだ塊を締めあげる。

このまま壊れてしまいたい。我を忘れて地の底まで引きずられていきたい。

あぁっ……あぁぁっ……！

「イキますよ、僕も、美咲さんの膣内《なか》でイキますよ」

怒濤の乱打の直後、男の肉幹が深々と穿たれた。

ドクン、ドクン、ドクン――。

「おおおおおっ、おおっ……くううううっ」

玩具の振動をも凌ぐ勢いで、子宮口付近にザーメンがほとばしった。

身支度を整えたあと、男は美咲の顔をしみじみと見つめてきた。

「結局、先日の男とどっちが感じました？」

美咲は言葉を継ぐことができない。

ハアハアと呼吸を整えることで精いっぱいだ。

「ヤボな質問ですね。じゃあ僕はこれで……ああ、約束通り、あの画像は絶対に外部に漏らしませんから」

男は去っていく。

一瞬、名前を訊ねようとした美咲だが、柔らかな海風がそれを制した。

灯台の赤い色が、ひときわ鮮やかに映っている。

海を渡る春の夜風が、長い黒髪を艶やかになびかせた。

第六章　童貞にイジワル──沖縄便

1

「皆さま、沖縄・那覇空港への到着まで、あと四十分ほどとなります。どうぞ、ごゆっくりおくつろぎください」

機内アナウンスを終えた野村理子は、ギャレーからキャビンを見渡した。

ゴールデンウィークが終わっても、沖縄便は相変わらずの混雑ぶり。これからバカンスを楽しもうとはしゃぐ家族連れや団体客でにぎわっている。

理子も胸中は浮き立つばかり。

今夜は久しぶりの沖縄ステイだ。すでに心はコバルトブルーの海にある。

ステイ先のホテルは海を望む最高のロケーションで、繁華街の松山までもタクシーでそう遠くない。陽気な海人《うみんちゅ》たちが作る沖縄料理は、美味しさはもちろん、美容食としても一目置かれている。

(楽しみだわ)

窓外に見える澄んだ青空が、開放的な気分をいっそう盛りあげる。

――しかし突然、理子の下腹は妖しい火照りに包まれた。熱い痺れがじくじくと膣路を這いあがってくる。

(あん……)

自然と手がスカートの上から恥丘を押さえていた。

潤みがTバックのパンティに滴り、抑えきれない喘ぎが、吐息となって漏れだしていく。

(ダメよ……)

何の前触れもなく、四カ月前の光景が思い出された。雪の降りしきる千歳ステイ。湖畔の秘湯で、乗客の男と束の間のアバンチュールを楽しんだことを。

温泉に浸かりながらのセックスは、予想外の興奮を誘った。

バックと騎乗位で貫かれるたび、自慢のFカップ乳がぶんぶんと弾んだ。

女陰にめりこんだペニスが、火柱のごとく体を焼き焦がし、はしたないほどヨガリ、身悶えてしまった。

その光景を反芻して、何度自分で慰めただろう。

クリトリスが脈打ってきた。

（だめよ……あぁ）

尻をもじつかせた、その時だった。

「あの、すみません」

後方からの声に、弾かれたように振り返る。

目前には、カーキ色のジャージを着た若い三人の男が立っている。

「お、お客さま、なにか？」

理子は焦りながらも、ＣＡスマイルを返した。

確かＮ大の水球部の選手だ。長身でガタイがいい。汗の匂いさえも清々しそうな若さ弾けるスポーツマンである。

「ほら、宮下《みやした》、言えよ」

「いや……やっぱりいいよ」

宮下と呼ばれた男子学生は、真っ赤になって俯いた。清潔感あるスポーツ刈りに、きりりとした顔立ちだが、見た目とは裏腹に内気で頼りなげな印象だ。

ニヤつく他の二人に、肘でこずかれている。

痺れを切らしたのか、仲間の一人が理子に向き直る。

「僕らN大の水球部なんです。こいつ宮下っていうんですが、お姉さんと一緒に写真を撮りたいんですって」

「えっ、写真をですか？」

「宮下ったら、お姉さんみたいなグラマーなエキゾティック美人に弱くて」

男たちの視線は、胸元を盛りあげる乳房に注がれた。

厚かましいが悪い気はしない。

年下男の精いっぱいの照れ隠しや、体育会系独特の清々しさ、素直さが可愛らしい。

「いいわよ、宮下クン、一緒に撮りましょう」

「い、いいんですか？」

宮下青年は頬を赤らめたまま、一瞬ほっとしたように笑った。

「ええ、もちろん」

言いながら、理子は彼の大きな手を取る。

「どうせなら、腕も組んじゃう？」

強引に引いた腕を、自慢のFカップ乳にギュッと押しつけた。

（ふふ……）

宮下の逞しい腕がビクンと震えた。友人がデジカメのシャッターを切ると、彼は「う……」と低く唸り、やや腰を屈めた。

「なんだよ、お前もしかして勃起したか？」

「バ、バカなこと言うなよ」

茶化す友人らにむきになって言い返しながらも、彼の手は股間を押さえたままだ。

写真を撮った男が、理子の胸元のネームプレートに目を向ける。

「野村理子さんて言うんですね」

「ええ」

「きれいだしスタイル抜群。彼氏が羨ましいです」

「お上手ね。でも、残念ながら、今は恋人ナシなんですよ」

理子は苦笑する。

「じゃあフリーってことか。だったら、宮下の童貞もらってやってくださいよ、なあんて……。こいつスポーツ馬鹿で、ハタチになってもまだ女を知らないんで」

とんでもないことを言うではないか。

「えっ、童貞？」

思わずおうむ返しに訊いてしまった。

当の宮下本人はなにも言えず、耳まで紅潮させている。

「まあまあのイケメンなのに、未経験とは哀れでしょう？」

その言葉に、ついうなずきそうになる。

さぞかし、あり余る精力をスポーツとオナニーで発散しているのだろう。

好奇心が疼く理子だが、宮下は恥ずかしそうに俯くばかり。

単なる学生のおふざけと言えばそれまでだが、どこまで本気にしていいのか、理子には見当がつかない。

「……でも、初めてが私じゃ申し訳ないわ。宮下クンにも選ぶ権利はあるでしょうし」

年上の女らしい気の利いた返答をするが、その声は限りなく甘く鼻にかかっていた。

「ヒュー、さすが見事な切りかえし」

「宮下、お前からもお願いしろよ。理子さんなら、ばっちりリードしてくれるぞ。記念すべき童貞喪失だ」

宮下は困ったように笑うだけだ。

(もう、そこで言い返さなくちゃダメじゃないの)

理子は思わず心の中で、宮下青年にツッコんでいた。――そう、こんなポジションの男はどこにでもいる。口下手で、言いたいことも言えず、仲間に冷やかされてばかりの損なタイプ。

「さあ、もうすぐ着陸よ。そろそろお席にいきましょう」

助け舟も兼ねて、理子は着席を促した。

「フラれちゃったな、宮下」

三人を通路へ誘導しつつ、理子はそっと宮下の手に指を絡める。

ハッと振り向いた彼の耳元で「私、那覇のGホテルに泊まってますから」そう微笑みながら潤む瞳で見つめた。


午後八時過ぎ。

CA仲間と夕食を終えた理子は、ホテルの部屋へ戻り、シャワーを浴びた。

鮮やかなオレンジ色のサンドレスに着替え、ベランダにたたずんだまま赤ワインで喉を潤す。

ベッドとソファーとデスクが置かれたシンプルな部屋も、ひとたび空を見あげると、瞬く星々が信じられぬほど美しく、時おりわたる船の灯もどこか懐かしい。

RRR……。

部屋の電話が鳴った。

理子はふっと唇を緩める。電話の主は今、どんな顔でかけているのかしら?

五回目のコールで電話を取ると、

「理子さん、僕……宮下です」

「まあ、宮下クン」

喜びを隠しながら、落ち着いた声を返す。

「今、Gホテルのフロントで……あの……ご迷惑じゃなければ、伺ってもいいですか? 写真のお礼もしたくて」

理子はふっと笑う。

窓ガラスに映る自分の妖美な目を見つめながら「待ってるわ」と囁いた。

五分後、部屋のチャイムを鳴らす彼を招き入れた。

「きょ……今日はありがとうございます。あの……これ、お土産です」

練習帰りだろうか、ジャージ姿で恥ずかしそうに渡された箱には、〈沖縄銘菓・ちんすこう〉と記されている。

「やだ」

理子はぷっと吹きだした。

「な、なにか……まずかったですか？　あ、もしかして、甘いものが苦手とか……」

宮下は困ったように表情をこわばらせる。

「違うわ、スイーツは大好物よ。ただ、沖縄にいるのに沖縄銘菓をくれる発想がなんだか可笑しくって……」

「ああ……そうか」

早くも失敗と言わんばかりに頭を叩き、宮下は頬を赤らめる。

「でも嬉しいわ。この雪塩味が一番好きなの。ありがとう」

「そ、そうですか……よかった」

純粋さを物語るように、彼はホッと表情を和らげる。

「さあ、座って」

ソファーに促すと、彼は緊張を押し隠すように腰をおろし、眩しげに理子を見つめた。

「理子さん……私服だとイメージ違いますね。どちらも素敵ですけど」

「嬉しいわ。ワイン、どう？　少しなら呑めるわよね？」

宮下の隣に座った理子は、用意した赤ワインをグラスに注いだ。ソファー前のテーブルには、フルーツや生ハムの盛り合わせが彩りよく並べられ、もらったばかりの菓子も取り出して皿に置いた。

「まずは、乾杯」

二人のグラスがチンと響いた。

「ねえ、下のお名前、訊いてもいい？」

「勇樹《ゆうき》です。勇ましいに樹木の樹。完全に名前負けしてますけれど……はは」

勇樹は自嘲気味に笑う。

「そんなことないわよ」

「いえ、仲間からはいつも怒られてます。呑み会の席でもつまらないって。気の利いたことなんか言えなくて、場を白けさせちゃって、自分でも情けないですよ」

「そんな……」

「この前の合コンなんか、門限があるって女の子が言ってたんで、盛りあがっていたのに『もうそろそろ時間だよ』って、余計なこと言っちゃって……。俺って空気も読めないっていうか、要領が悪いっていうか」

「ダメよ、そんなマイナス思考じゃ」

理子の手が勇樹の膝に置かれた。

「あ……」

内心、ドギマギしている緊張感が掌から伝わってくる。

「さっき、お友だちから童貞だって言われてたけど、そんなことないわよね」

童貞間違いなしと思いながら、手はゆっくりと太腿をさする。

「じ、実は……童貞どころか、キスもまだ……」

勇樹は額に粒汗を浮かべ、恥ずかしそうに告げた。

ああ、彼の顔——なんて純朴なんだろう。

食べちゃいたい。格好の獲物が舞いこんできてくれた。

胸のときめきを押さえながら、あくまでも無表情を装って、

「勇樹クン……こっち向いて」

理子は勇樹の唇にキスをしていた。

息を呑み、硬直する彼を説き伏せるように舌を差し入れると、拙いながらも彼

も舌を絡めてくる。

（あん、なんて可愛い唇なの）

ネチャッ……ヌチャ……。

「ン……ンン」

互いの吐息が喘ぎとともに行き来した。

理子が唾液を注ぎこむと、彼は鼻息を荒らげて啜りあげ、飲みくだす。

太腿をさする手が彼の股間に触れると、

「むうう」

すでに硬化した勃起がジャージのズボンを突きあげている。

「ン……硬い」

ゆっくりしごくと、雄肉はあり余る若さで、頼もしいほど手指を圧し返してくる。

反りかえる男根は、こするごとに鋭く怒張していった。

「こんなことされたのも初めて？」

理子はジャージの中に手を忍びこませた。素早くブリーフをかいくぐると、熱い勃起をギュッと握る。

「くく……」

勇樹は恥ずかしそうに身をかがめ、必死に歯を食いしばる。

「いつも、自分で慰めてるのかしら？」

握ったまま、裏スジとカリのくびれが交差する一点を重点的になぞると、

「ハァ……理子さん」

「まどろっこしいわ。さあ、立って。脱がしてあげる」

勇樹がこわごわ立つと、ズボンの両脇にかけた手を一気におろした。

「ああぁっ」

弾むように飛び出したペニスに、理子は目をみはった。

2

「すごい……カチカチね」

理子は目の前で天を突く勇樹のペニスに指を絡め、ゆっくりとしごきあげた。

「童貞だなんて信じられない。とっても立派よ。興奮しちゃう」

「うっ、理子さん……そんなに握られると」

腰を引こうとする彼の肉棒を強引に引き寄せ、なおもさする。

噴き出す先走り液は、瞬く間に理子の手の甲を濡らしてきた。

「やだ、エッチなお汁がこんなにいっぱい」

「す、すみません」

情けない声で詫びる勇樹を見あげると、眉を八の字型にして半ベソをかいているではないか。

そのわりにペニスはギンギン、下半身は完璧な戦闘態勢である。

(ちょっとイジメちゃおうかな)

無垢な童貞青年を見ていると、ふつふつとサディスティックな淫ら心が湧いてきた。

「謝ってるわりに、ずいぶんなおっ勃て具合じゃないの」

わざと下品な言葉づかいをして、ギュッと陰嚢も握ると、

「あ……あうう」

声を裏返らせながら、勇樹はますます勃起を硬くする。

「やだ、勇樹くんったら、イジメられるのがいいのかしら?」

「いえ……あの、その……」

筋骨隆々の水球選手だが、内気で口下手な恥ずかしがり屋さん。

しかも、童貞とくればギャップ萌えしてしまう。

「嘘よ。ちょっとイジワルしただけ」

これ以上いじめては可哀そうだ。

ここは最高の童貞喪失を体験させてあげなくては。

亀頭に唇を寄せ、ふうっと息を吹きかけた。

「うっ、理子さん」

「逃げちゃダメ……本当に女の人を知らないのね。このピンクできれいなオチンチン」

チロリと裏スジを舐めあげた。

「クウッ……ハウウッ」

ビクビクと腰を震わせる。

「そうよ、じっとしててね。あん……タマタマも引き締まって最高」

理子は先端から唇をかぶせ、ゆっくりとペニスを呑みこんでいく。

「おおう、おおっ」

陰毛が接するほど深く咥えこみ、内頬を密着させた。そのまま強烈なバキュームで吸い立てていく。

ズチュッ……ズチュチュッ……。

「くう」

「クフン……いやらしいオチンチン」

キュッとあがった陰嚢を揉みつつ、もう一方の手はフェラとの連動で包皮を剝きおろしていく。

「初めてでしょう？　フェラチオされるの」

口いっぱいにペニスを頰張り、舌をチロチロと揺らめかせる。カリを下唇で弾いては、舌先を尿道口に差し入れる。再び喉奥まで吞みこんで、吸茎を強めた。

(ああ、この匂いと味、たまらないわ、なつかしい気分)

まさに女を知らぬ青臭さだ。

かすかに残る恥垢さえも、不快感どころか童貞の生々しさを実感させる。

勇樹はガクリと崩れそうになっている膝を踏ん張り、懸命にこらえている。双頰をすぼめ、ひときわバキュームを強めては、頭を打ち振った。

ジュポッ、ジュポポポポッ――！

「ああっ、ダメだ」

ガクガクと痙攣する太腿が、切迫した射精へのカウントダウンを刻んでいる。

もうすぐだ。

理子は甘やかに鼻を鳴らしながら男根を吸い立て、胴幹を握る手首のスナップを効かせた。

「ああ、イキます、イク……おおおおっ」

せりあがる射精感に抗う悲鳴が頭上から降ってくる。

低い唸りが訪れた次の瞬間、

ドピュッ、ドピュッ、ドピュピュッ――――！

水鉄砲のようなザーメンが喉奥に撃ちこまれた。

若さに満ちた濃厚な風味が、口いっぱいに広がっていく。

コクン……ゴクリ。

理子は放心している勇樹の顔を眺めつつ、吐きだされた精液を嚥下した。

生臭さが若いエキスということを証明しているようで、体中の細胞が若返る気がする。

「す、すみません……」

口端についた残滓を拭う理子を横目に、勇樹は詫びの言葉を口にした。

「いいのよ。濃くてとっても美味しかったわ。それに、一度出したほうが長持ちするのよ」

ますます顔を朱に染める彼の手を取った。

「そろそろベッドに行きましょうか」

横のベッドに視線を流すと、勇樹は無言でうなずいた。

「待って、ジャージを脱がせちゃうわ」

太腿で留まっていたズボンを抜き取り、上着を脱がせた。

程なくして——。

「すごい、もう硬くなっちゃたのね」

ベッドで仰向けになった彼のペニスは、ついさっき射精したにもかかわらず、すでに反り返っている。その角度たるや、臍を打たんばかりだ。

その上、厚い胸板に引き締まった腹筋——どの角度から見ても、逞しい肉体美だ。

理子は隣に身を横たえると、再度、唇を重ねていった。ねっとりと舌を絡め、唾液を注ぐと、芳醇なワインの風味が甘やかに蘇ってくる。

「ン……上手よ……キス」

いくぶんか彼も慣れてきたらしい、積極的に舌を躍らせてきた。

鼻息を荒らげ、落ちかかる理子の髪を震える手で撫でつける。

理子も負けじとリードする。幅広の肩をさすり、厚い胸板の中心に鎮座するピンと起った乳首を、そっとつねった。

「くっ……」

「感じやすいのね」

うっとりと囁き、褐色の乳首をチュッと吸った。

「ああ……理子さん……俺、俺……」

顔を見ずとも、彼はいま眉根を寄せ、泣きそうな顔をしていることだろう。

もっと恥ずかしい声を聴きたい。理子は乳首を軽く甘噛みし、同時に下半身にも手を伸ばした。

「んん……」

唾液と先汁でドロドロになった男根をしごき、皺袋を揉みくちゃにした。刺激を与えられるたび、彼の唇から放たれるくぐもった呻きは、徐々に艶めいていく。

と、勇樹の手が理子の胸元に伸びてきた。いつも水球のボールを投げているであろう大ぶりの手が、戸惑いがちに膨らみを揉んでくる。

「……サンドレス、脱がしていいのよ」

一瞬、動きを止めた彼の手が、ドレスの細い肩紐をおろしていく。

ブラはドレスと一体化したブラカップだ。腕を抜き取りドレスを脱げば、体を包むものは、両サイドをリボンで結んだ黒いTバック一枚だけである。

理子は上半身を起こした。ぷるんと勇樹の目前にFカップの乳房が揺れた。

濡れた瞳が、食い入るように双乳を見つめている。

「……理子さんのオッパイ、きれいだ」

「嬉しいわ……好きに触っていいのよ」

勇樹は息を呑みながら乳首に吸いついた。

「ああ、いい香り。たまらない……」

「あん……勇樹クン……」

彼は重たげな乳房を両手ですくいあげ、顔をうずめてきた。

弾む豊乳に頬ずりすると、くびり出た乳首を交互に舐めしゃぶる。

チュパッ……ネロネロ……。

「ん……いいわ、すごくいい……」

「夢みたいです……理子さんのようなきれいなCAさんと」

あまりの愛おしさに勇樹の頭を掻き抱いた。

存分に乳房の愛撫を終えた勇樹は、

「……せて……ください」

乳房にうずめながら、なにかを囁いてくる。

「……なあに？」

「見せてください、理子さんのアソコ……」

恥ずかしそうに言うではないか。

「まだ女の人のアソコを見たことないのね？」

「は、はい……AVやネットでしか」

その言葉に、理子は目を細めながらTバックに手をかけた。両サイドの結び目を解くと、欲情に逆立つ性毛があらわになる。

再び仰向けにした勇樹の顔にまたがり、膝立ちになった。

「見える？」

細い指を花びらにそっと添えた。

「み、見えます……これが女の人の――」

「そうよ。どう？」

「き、きれいですけど……。とってもエッチっぽいです。濡れてぷっくりと膨らんでる……」

勇樹の吐息で花びらが震えている。

「濡れているのは、勇樹クンに見られて嬉しい証拠」

理子は肉ビラに添えた指を、V字に開いた。

「おお……」

鼻息を荒らげ、食い入るようにその場所を見つめながら、ぐっと顔が突き出された。

「ここがこれから勇樹クンのオチンチンが入る場所よ」

「ハァ……中は真っ赤なんですね。理子さんのいやらしい匂いがこんなに……あっ、あふれてきた」

彼の手が理子の張りつめたヒップを引き寄せ、ワレメに吸いついた。

「あん……ッ」

受け身だった今までとは一転、勇樹は滴る花蜜を啜りあげる。

理子が膝を震わせるのもそっちのけで、伸ばした舌を粘膜に食いこませてくる。

「むうう、むむむ」

顔じゅうを女汁で光らせながら、一心不乱に舌を躍らせ、花びらを吸いあげては、あふれる淫汁を飲みくだす姿が愛しい。

ジュプッ……ジュププッ……

「あぁ……いい……」

コリッと舌先で肉芽を弾かれると、

「アッ……そこは……」

今にも崩れそうになる腰に、力をこめた。

「こ、これがクリトリスですよね。艶々光って真珠みたいだ」

チュッ、チュチュッ……。

「ンッ……とろけそう」

「ぽっちりとした穴も見えます。なんだろう?」

濡れた粘膜を押し広げながら、勇樹は好奇心旺盛な少年のように訊いてくる。

「穴……?」

尿道口のことを言っているのだろうか……?

が、理子は答えることができなかった。

汁まみれの顔をさらに紅潮させた彼が、いっそうクンニリングスを深めてきたからだ。

「あぁッ……」

のけ反った拍子に硬いペニスが理子の手に触れた。無意識に握り締めた刹那、

「……私にも咥えさせて」

もう我慢できない。理子はくるりと向きを変え、シックスナインの姿勢を取った。いきり立つペニスを握ると同時に、勇樹に見られている女のワレメを想像した。

「ねえ、私のアソコ、どうなっているのかしら？　教えて」

プリプリと尻を振ると、むっちりした尻丘を引き寄せられる。

熱い吐息が、花びらとアヌスの襞に吹きかかった。

「すごく濡れていやらしいです……ああ、お尻の穴まで丸見えだ……ハァ」

左右に広げられたワレメに、勇樹の生温かな唾液がまぶされる。

「ハァ……ン……気持ちいい」

鳥肌が立つほどの愉悦に、理子はほとんど条件反射でペニスを頬張った。

はしたないほど唾音を立て、行き場のない快楽の矛先を、無垢な男根にぶつけていく。

3

ピチャッ……ピチャチャチャッ。

「アンッ……いいわ」

南国の海風が、開け放たれたベランダから吹きこむ室内。

淡い照明のもと、シックスナインで絡み合う理子と勇樹の影が大きく壁に映し出された。

彼をリードする理子は、上から勇樹のイチモツを頬張っている。

彼は汗ばむ理子のお尻を引き寄せながら、蜜の滴りも艶めかしい女の秘裂に必死の愛撫を浴びせていた。

「ンン……勇樹クン、上手よ」

女のワレメを這う勇樹の舌は、童貞ならではの貪欲さで、快楽の箇所を探り当て、あふれる女蜜を啜りあげる。

「なんてスベスベなお尻……」

ムッチリした美尻が撫でられた。

尻肉に食いこむ指の圧の強さは、抑えきれぬ彼の欲情を物語っている。

そう、これから私は彼の童貞を奪ってあげる——。

童貞相手など初めての経験だ。

散々、後腐れのないワンナイトラブを楽しんでおきながら、未経験の男と肌を合わせたことはない。

その瞬間、彼はどんな表情で、どのように反応するのだろう。激しく喘ぐのだろうか。男らしく抱き締めてくれるのだろうか——それを想像すると、女の秘口がいっそう妖しくざわめいていく。

「アン……ン……もっと強く吸って」

甘美な痺れの中、理子は剝けきったペニスをしごきながら、丹念にフェラチオを浴びせていく。

「こ、こうですか？」

蜜まみれの女粘膜が左右に広げられ、ぐっと密着させた勇樹の唇が、吸引を強めてくる。

チュッ、チュッ……ピチャッ……。

「ンン……はうう」

お返しとばかりに、理子も鋼のように勃起したペニスを咥えこんだ。

先ほど、口内発射したとは思えない、頼もしいムスコはギンギンだ。

ピンク色だった男根は赤黒さを増し、ますます理子の淫心を掻き立ててくる。

「あん、いけない子ね」

口いっぱいに頬張った肉棒にバキュームフェラを与えると、勇樹は羞恥まじりにビクビクと腰を震わせる。

敏感な反応が、たまらなく愛おしい。

再び迫りくる射精感から気を逸らすように、彼は差しこんだ舌を揺れ躍らせてきた。

「むうう、むううう」

低い呻きを聞きながら、理子は唇がめくれるほど強く肉茎を咥え、舌を絡めた。

唾音と吸引が奏でる卑猥な不協和音が、淫気の充満する室内に響き渡る。

潮風が運んでくる波音をBGMに、二人は互いの性器を貪っては体液を啜り、立ち昇る性臭に鼻を鳴らした。

挿入までの道程《みちのり》が長ければ長いほど、童貞喪失の感動は大きいはず。

理子がリードする形で、気づけばがむしゃらに、互いの肉を求め合っていた。

落ちかかる髪をかきあげながら、太さを増したペニスを口いっぱいに含む。

とめどなくあふれる先汁を、理子はためらうことなく啜りあげ、唾液とともに嚥下した。

ネチャッ……ジュププッ……。

「ハァ……もう欲しくなっちゃった」

リードするつもりが、先に音をあげたのは理子だった。

短時間に、勇樹のクンニリングスは予想以上の熟達を見せ、女体を追いつめてきたのだった。

すでに理性という言葉は、消え去っていた。

初めて体験する童貞の味に、否が応にも暴走してしまう。

熱い淫汁を噴きだす恥肉が、浅ましいほど男のものを求めている。

早く入れて――無垢な肉棒でここを塞いで――。

「ねえ、欲しいのよ」

股間から顔をあげた理子が振り返った。

視線の先には、女蜜に濡れ光る勇樹の顔がある。

なにか言いたげな彼の返答を待つことなく、体勢を変える。

真正面から勇樹をまたぎ、立ち膝になると、筆おろしへの期待と不安に表情をこわばらせている彼を見おろす。

握り締めたペニスをワレメに近づけた。

「しっかり見てて……勇樹クンの童貞が奪われる瞬間を」

開ききったラビアのあわいに亀頭をすべらせ、狙いを定めると、理子はゆっくりと味わうように腰を沈めた。

ズブッ、ズブズブズブッ……！

「はうううっ」

「クウウッ」

複雑によじれた肉層をこじ開けながら、野太いペニスは真っ直ぐに、女膣を貫いた。

雄刀で肉を割り裂く確かな衝撃。熟れた果実をグジュリと潰したような、卑猥な音《ね》を聞きながら、理子の総身が弓なりにのけ反る。

（ああ、やっと――）

カリ太の先端が内臓を圧し、一瞬息がとまるも、得も言われぬ甘やかな痺れが這いあがってくる。

「ンンッ……根元まで入っちゃった。勇樹クンのオチンチン……おっきい」

「う……理子さん……」

「童貞卒業ね、おめでとう」

互いの肉の温もりを感じながら、二人は熱い眼差しで見つめ合った。

「お……俺、男になったんですね」

挿入したまま、勇樹は感嘆の声をあげた。

「そうよ。勇樹クンは立派な大人の男」

ニッコリうなずくと、初めて味わう女膣の締めつけ、そして「男」になった感動に、勇樹の顔がくしゃくしゃになった。

潤んだ瞳がいじらしい。

二人の漏らす恍惚の吐息が、いくどもぶつかり合った。

「ハァ……女の人の膣内《なか》って、こんなに温かいんですね」

彼はしみじみと告げた。

「勇樹クンの初めての女になれて嬉しいわ」

キュッと下腹に力を入れれば、収縮した女壁がペニスを膣奥へと引きずりこんでいく。

「ァ……またイキそうだ」

「あん、ダメよ……ゆっくり動くから、ガマンしてね」

彼の腹に手を置き、理子は穏やかに腰を揺すり始めた。

動くたび、彼の引き締まった腹筋が隆起する。

さすがアスリートだけあって強靭な体だ。

しかも、一振りごとに膣肉は確実に割り裂かれ、肥え太るペニスが侵入を深めてくる。

「ア……すごい……カチカチのオチンチンがおヘソまで届いてる」

口を衝いて出る卑猥な言葉に、全身が肌熱をあげていく。

律動のたび、揺れ弾むFカップの乳は、彼を快楽の極みに誘うかのようだ。

応じるように勇樹の瞳は、ますます好色に輝きだした。

「たまりませんよ……理子さん、エッチすぎる」

鼻息を荒らげる彼が愛しくて、もっと色々教えてあげたい。理子はためらうことなく、太腿を広げて結合部を見せつけた。

「ねえ、見える？　つながってるところ」

愛液に濡れる陰毛が、妖しい光沢を放っている。

「み、見えます……ぽってりしたいやらしいオマ×コの中に、俺のものがズッポリ入ってる」

「ふふ、クリトリスも見て」

「ま、真っ赤になって……すごい膨らんでる……」

目をみはる勇樹に、理子は薄笑みを浮かべ、腰を揺すり始めた。

ズチュッ……ジュブブブッ……。

「ああっ……ズブズブ出はいりして……まさか、理子さんがこんなカッコするなんて」

「もっと見て……いやらしい淫乱オマ×コを、もっと見てて」

肢体をくねらせながら、理子の腰つきが速度をあげると、

「おっ、おおっ」

抜き差しのたびに、肉棒には白濁の汁がコーティングされていく。

「うふ、エッチでしょう？」

「たまりません」

「じゃあ、これはどうかしら？」

理子は体をやや後傾させ、M字開脚の体勢をとる。

「ほうら、さっきよりもっとよく見えるはずよ」

そう言うなり、亀頭ぎりぎりまで引きあげた尻を一気に落としこむ。

燃える媚襞が引き攣るほどに、肉と粘膜を擦りあわせた。

（ああ、可愛いチェリーちゃん。私だけの童貞チンポ）

ヌチュッ……ヌチュチュッ……。

「あん、あん……止まらないわ」

「くううっ、キャビンで見た理子さんとは大違いだ、こんなエロいＣＡさんだったなんて」

「ＣＡみたいに澄ました女ほど、ベッドの中じゃ乱れるのよ」

艶然と微笑みかけながら腰を振り立てる。

ぷるんと乳房が弾み、ぐじゅぐじゅに蕩けていく女の祠を見せつけた。

パンッ……パパンッ……グジュジュッ！

「うう、たまらない」

乳房をわし摑もうと、勇樹の手が差し伸ばされる。

「ふふ……オッパイを触りたいのね」

理子は再び上体を前傾させ、彼の手を取って乳肌に導いた。

汗ばむ手指が、尖った乳頭をひねり潰す。

「乳首がビンビンだ」

「ンン……さっきみたいに好きに触っていいのよ」

その言葉に、彼はたわわな膨らみを両側から寄せあげ、揉みしだいてくる。

「ああ、最高だ……」

脂肪に食いこむ手指の力強さが、彼の興奮を伝えていた。

「もっと強くよ……アアンッ、ハアッ」

「理子さん、ああ……理子さん」

乳房は揉まれるままにひしゃげ、淫らに歪んでいく。

それに連鎖するように、理子はいっそう淫靡に腰をくねらせるのだった。

ズチュッ……ズチュチュッ……！

ズッポリハメこまれたペニスが、角度と深度を変えながら女陰を侵食してくる。

「……いいわ……アソコがヒクヒクしてる」

理子の腰づかいは止まらない。

こみあげる獣欲が、衝動が、ただれた淫心を狂おしいほど揺さぶり続ける。

さながら、理子は童貞棒を漁る淫魔と化していた。前後左右、上下に腰を振り立て、あらゆる角度で男根を貪る欲情ＣＡだった。

「くううっ、理子さんッ……アアッ」

「勇樹クン、下から思いっ切り突きまくって」

持ちあげた尻を休むことなくズブリ、ズブリと落としていく。

粘蜜が糸を引き、饐えた匂いが濃厚になった。

勇樹は弾みをつけて、目いっぱい腰を突きあげた。

若さ漲る雄々しい肉塊が女肉に食いこむたび、二人は同時に悲鳴をあげ、身悶えをする。

ズブッ……ズブズブッ……！

「いいわ、その調子よ」

めくれた花びらの中心に、勢いよくペニスが叩きこまれ、引き抜かれる。

肉と肉、粘膜と粘膜が激しくぶつかるごとに、淫猥な打擲音が反響した。

「ハァ……もう、出そうだ、ううっ」

潮風にまぎれた甘酸っぱい粘液が、内腿を伝い、シーツを濡らしていく。

「ダメ……まだよ。ほら、挿入したまま、後ろを向くから」

「ええっ」

驚く勇樹に、理子は小悪魔の笑みを向けた。

4

「理子さん……このまま、後ろ向きになって……？」

啞然とする勇樹に、

「せっかく童貞を卒業したんだもの、いろんな体位を試してみたいんじゃない？」

理子は平然と答える。

「ちょ、ちょっと……待って」

「うふふ、勇樹クンはそのまま仰向けでいてね」

有無を言わさず、ハメこまれたペニスを支点に、理子はじりじりと右方向に体を回転させていく。

「ア……アンッ」

「うっ、くうう」

結合が解けぬよう回転させるものの、引き攣れる膣肉は、漲るペニスをますます貪欲に食い締めていく。

勇樹は、射精をこらえるのに必死らしく、粒汗光る全身を、ぶるると震わせた。

二人の吐息と喘ぎが交差する中、ようやく理子は真後ろを向いた。

「これ、背面騎乗位っていうのよ」

こってり濡れた淫裂が収縮し、さらに肉棒をぎゅっと圧し包んだ。

「うう、こんなの見たことないですよ」

「つながってる場所は、よく見えるかしら?」

理子は両手を前につき、腰を前後に振り立てた。

「おおっ……」

「さっきより丸見えでしょう。しっかり見ててね……アアン、Gスポットが……Gスポットってわかる? そこがね、こすられて……とても気持ちいいの」

甲高い悲鳴をあげつつ、理子は前後左右に腰をグラインドさせ、律動を深めていく。

初めのうちこそ身を委ねていた勇樹だが、やがて、揺れ弾むムチムチの尻を摑んできた。

「全部見えますよ。お尻の穴までヒクついてます」

「最高の童貞喪失でしょう?」

甘く鼻を鳴らしながら腰を振ると、勇樹は絶妙のタイミングで腰を突きあげた。

「ハァアァッ……勇樹クン、いいわ！」

その言葉に反応し、彼は弾みをつけて、猛然と肉の鉄槌を浴びせてきた。

火柱のように熱く鋭い衝撃が、ただれた膣肉を穿ち続ける。

パンッ、パパパンンッ……！

「クウッ、いいわ……アアァン」

「ますます締まってきたみたいだ。理子さんのオマ×コ、くうっ」

角度が変わったせいだろう、勇樹も逼迫《ひっぱく》した声をあげる。

肉の戯れはなおも続いた。

抜き差しのたび、乳房がぶるんと跳ね、粘つく汗が飛び散った。

互いの体温と粘膜が同化し、立ち昇る獣じみた性臭に陶然となってしまう。

「アアッ……最高よ」

ゆっさゆっさと揺れる理子の尻は、前後左右、上下と見境いなくくねり、肉を叩き、ペニスの根元を中心に激しくローリングさせていく。

「ハァッ、ハアッ……そんなに激しいと、出ちゃいます」

勇樹は訴えるように起きあがり、背後から理子を抱き締めた。

「ンン……勇樹クン」

「理子さんをじっくり味わわせてください」

耳元で熱っぽく囁くと、彼は理子の乳房をやわやわと揉みながら、うなじに唇を押し当ててきた。

「アン……いいわよ、勇樹クンの好きなように抱いて」

そう告げて、控えめに腰をくねらせた。

結合部はいっそう密着度を増し、じりじりと熱い雄肉が秘路に食いこんでくる。

「理子さんの乳首、カチカチ……」

双乳を包みこみながら、先端がキュッと摘まれる。

「勇樹クンのせいで、全身が性感帯になっちゃいそうよ」

「お、俺もです……ああ、またヒクヒク締め付けてきた」

「うふふ、嬉しいわ」

と、理子は手を伸ばし、結合部をそっとまさぐった。

肌に張りつく性毛が、ねっとりと指に絡む。わずかに腰をあげ、筋張った勇樹の屹立を握ると、悦びをあらわにするように、肉棒がビクンビクンと脈動した。

「ああ、理子さん……最高……俺、ほんとに幸せ……」

しなやかに動く手指に呼応するように、勇樹も乳頭をひねり、摘まんでくる。

「アソコがヒクついてます」

彼は嬉々として、尖った乳首を弄ぶ。

「ァ……ハウッ……ンンッ」

「またキツくなった……もうガマンできません」

乳頭を弄る勇樹の指づかいが、もう待てないと告げている。

「苦しいのね……わかったわ。勇樹クンはどんな体位でイキたいのかしら?」

引き締まったタマ袋を捏ねまくると、

「最後はやっぱり、理子さんのきれいな顔を見ながら発射したいです」

耳たぶを甘噛みしながら、彼は熱っぽく囁いた。

「いいわよ、じゃあもう一度、仰向けになって」

背を倒した彼がベッドに仰臥すると、理子は挿入されたままの男根を軸に、もぞもぞと尻を動かせ、少しずつ右に回った。

「おうっ……おお」

百八十度回ると、最初と同じ対面騎乗位の体勢だ。

「ふふ、これでいいわ。勇樹クン、思いっ切り下から突きまくって」

理子も肉感的な尻を持ちあげ、ズブリ、ズブリと落とし始めた。

「ハァッ……理子さん」

勇樹も弾みをつけて、負けじと突きあげる。

「アアンッ……私の膣内《なか》が勇樹クンでいっぱい……もっと激しくしてもいいのよ」

理子は再び立ち膝になり、尻をくねらせた。

ズンッ……パパパンッ……！

トロトロにめくれた肉ヒダのあわいに、勇樹のペニスが勢いよく叩きこまれる。肉と肉がぶつかるたびに、卑猥な打擲音が響き渡った。

熱く粘ついた蜜液が跳ね、肌を滴っていく。

渾身の一打を見舞えば、女肉と粘膜を割り裂く確かな手ごたえが感じられる。

「いいッ……いいわ」

理子は自分がリードすることなどすっかり忘れ、愉悦の叫びをあげた。立ち膝のまま前後左右に尻を振り立て、熟した柔肉で童貞棒を締めつける。

「あううっ……理子さん」

絶頂が迫って来たのか、彼は突きあげを止めることなく理子の豊乳をわし摑む。

「ンッ……勇樹クン」

子宮口に先端が当たり、理子はいっそう激しく腰を揺さぶる。体液に濡れた恥毛が絡み合い、ぶち当たる肌がたわんだ。

パンッ……パパパパンンッ……！

「すごくいいわッ……もっと突いて！」

その叫びに応えるように、勇樹は身を起こし、体を反転させた。

理子の膝を抱えた正常位である。

「ゆ、勇樹クン……あなた」

理子はM字開脚のまま、驚きの声をあげた。

「童貞を卒業したんです。俺は男になったんです。男にしてくれたお礼をさせてもらいますよ」

筋肉の隆起した腕で理子を引き寄せると、勇樹は斜め上からグサリ、グサリと肉棒を穿ってきた。

「ハアッ……ゆう……き……クン」

次第に速度があがっていく。

予想外の展開に、理子は抵抗ができない。したくとも不可能なのだ。まるで、肉のドリルとでも形容するほどの迫力と圧迫感。四肢が痙攣し、怒濤の打ちこみに奥歯を噛み締めるのが精いっぱいである。

ズズンッ……ズブズブッ……！

尾骶骨から急激な痺れが這いあがる。

その甘美さが背筋から脳天へと走り抜ける頃には、再び肉の拳が浴びせられる。

ダイナミックな打ちこみ、粗削りだが若さ漲る粗暴さに溺れ、理子の雌の本能がさらに目覚めていく。

吸いつき合う粘膜が猥雑な音色を奏でていた。

童貞を卒業したばかりの男とは思えぬ身体能力だ。

さすがは水球選手、腰が強くてスタミナもある。突かれるごとに遠ざかる理子を、いくども引き寄せては、再び激しい律動を繰り返す。

抜き差しはグラインドへ、グラインドは苛烈なピストンへと様変わりする。

胴幹に吸いつき、まとわりつく女襞の感触を味わうように、反りかえった男根を勇樹は必死に形相で打ちこんできた。

（アア……これよ……）

この瞬間が、女に生まれてよかったと心から思える。いきり立つ男のもので、女の孔を塞がれる衝撃的な快美感、秘口から湧き出る女蜜に、誇らしささえ感じてしまう。

「ハァア……すごいわ……奥まで届いてる」

欲情の炎が赤々と燃えさかり、結合部は摩擦熱で溶けてしまいそうだ。

獰猛な刺激に、理子は髪を振り乱し、激しくヨガり泣いた。

端正な顔立ちの勇樹が息を乱して、乱打を見舞う姿に興奮のボルテージは最高潮に達していく。

パンッ、パパンッ、パンパンパンッ——!!

「アン……もうイキそうよ」

「お、俺もです……ハァア、もう限界だ」

「イクときの顔……よおく見せてね」

総身に粒汗を光らせながら、恍惚に噎ぶ彼の視線と交差した。

摑んだ二の腕に爪を立て、眉根を寄せながら唇を嚙む理子の膣肉がギュッと締めつけた瞬間、

「ああっ、イッちゃう……ハァアアッ!」

「くううっ!」

得も言えぬ浮遊感に包まれた総身は、どこかに放り投げられるほどの甘美な衝

撃に打ちのめされた。

ドクン、ドクドク、ドピュッ――！

「オオッ……理子さん……」

膣奥深くに、熱い飛沫が噴射されたのがわかった。

苦しげに歯を食いしばる勇樹の表情が、狂おしいほど愛しく、そして頼もしく見えた。


どれくらい経ったであろう。

ふと目覚めた理子は、勇樹の腕の中でまどろんでいたことに気づいた。

開け放たれたベランダから差す朝陽が、すうすうと眠る勇樹の顔を、淡く照らしている。

(ああ、久しぶりに濃密な一夜だったわ)

下腹に残る火照りと、熱い漲りを反芻した。

無防備な寝顔をしばし見つめたのち、そっと彼の頰にキスをする。

(あなたはもう立派な男よ。自信を持って)

――柔らかな風が潮の香りを運んでくる。

日差しを受けたエメラルドグリーンの海が、清々しい一日を告げるように、煌めきを放っていた。

第七章　ダブル・サービス──小松便

1

「や、やよい先輩、もしかして、これ……？」

「ええ、新しい制服よ」

　手渡された制服を目にし、二十歳の新人ＣＡ・瀬戸清乃は、ボブヘアに包まれた美貌をこわばらせた。

　受け取った制服は、一見するとシンプルな紺のワンピースだが、よくよく見れば、膝上二十センチはあろうかという超ミニスカである。

「仕方ないわ、会社からのお達しよ。『北陸路線・集客キャンペーン』ですって。清乃もわかるでしょう？　北陸新幹線が開通したせいで、航空業界は大打撃。しばらくの間、北陸方面のフライトはこのセクシーな制服なの」

　これも仕事、プロなら割り切りなさいと諭してくるのは、三十五歳、魅惑の人妻CAとして名高い黒木やよいである。

やよいは、清乃の訓練教官も務めていた。

学生時代には「ミスコン荒らし」の異名をとっていた彼女のこと、露出度の高さなど、むしろ大歓迎だろう。

あくまでも業務命令だと、実にごもっともな意見で責めてくる。

「だからって、今日の羽田―小松便から、いきなりとは」

「文句は言いっこなし」

「でも……ちょっとかがんだり、上の棚に荷物を収納すると、パンティが丸見えです」

「あら、私は平気よ」

やよいが笑みを浮かべると、口許のセクシーボクロもキュッとあがった。

「わたくしは困ります。こんなハレンチな制服を着てることがバレたら、親はかんかんになって、すぐにCAを辞めさせせられます」

お嬢様学校出身、田園調布の屋敷に両親と住む一人娘の清乃の家庭は厳しい。

会社の窮地とはいえ、このようなハレンチな制服を着て仕事させられると知れば、即刻、会社に怒鳴りこんでくるかもしれない。

それでなくとも先日、機内で出逢った素敵なナイスミドルの紳士に、純潔を捧げたばかり。それも知れたら、勘当されかねない——時代錯誤の親ときている。

唐突に、処女喪失の甘い夜が思いされる。

キスをされ舌を絡め合い、Gカップの乳房を揉みしだかれ、乳首を吸われ……アソコをたっぷりと舐められた。

彼の舌が生き物のように媚肉を這い回るたび、全身がそそけ立ち、甘い愉悦に浸りきった。

（あん……こんな時に思い出すなんて）

肌熱がじんわりと高まり、蜜壺はヒクついた。

存分に潤った秘裂を貫く沢木のペニスの猛々しさが今もなお、清乃を翻弄させる。

痛みさえも甘やかな、幸せな処女喪失だった。

だからこそ「女」になった自分が、好奇の眼差しにさらされることが不本意でならない。

ただでさえ普段から、Gカップの巨乳に不躾な視線を浴びせられているというのに。

「ねえ清乃、聞いてるの？」

その声に、我に返る。

「あ……すみません」

「制服の件はガマンなさい、これも会社のためよ。その代わり、このフライトが終われば、明日の午後まで自由ですって。せっかくだから、金沢まで足を延ばしましょうよ。小京都よ！　美しい街並みが私たちを待ってるわ」

「いえ、それとこれとは話が別です……」

そう切りかえす一方で、清乃の体は、いまだ処女を捧げた余韻に浸り、火照りを増していく。

と、やよいの目が鋭く尖った。

「いい？　わが社の存亡の危機なの。今は一人でも多くのお客さまに飛行機をご利用して頂けるよう、私たちCAが率先して頑張らなくちゃ。まだ一年目とはいえ、あなたもプロなら心を決めて」

ポンと肩を叩かれた。

さすが訓練教官だけあって、プロフェッショナルを前面に押し出した説得ぶりだ。揺るぎないプライドと、いつまでも女を捨てない美魔女マインドのオーラさえ漂わせていた。

「返事は？」

「わ、わかりました」

蛇に睨まれたカエルよろしく、清乃は反射的にコクリとうなずいた。


上空――。

「では、キャビンの様子を見てまいります」

前方ギャレーで、清乃はミニスカの裾を気にしながら、やよいに告げた。

少しでも丈を伸ばそうと引っ張るのだが、所詮無理なあがきである。

やよいはと言えば、形だけでも心配顔を見せてくれるかと思いきや、

「オッケー、片づけはしておくから、キャビンは頼んだわ」

ニッコリとウィンクを投げてくる始末だ。

(先輩ったら、こっちの気も知らないで……それにしても人妻はいいわよね、私はこれからまだまだ先があるんですからね)

暗鬱になる気持ちを切り替えねばと、深呼吸し、己を鼓舞する。

意を決してギャレーカーテンを開けると、客たちの視線がいっせいに突き刺

さった。

（あん……いや）

こんな時に限って、キャビンを埋め尽くすのは、スーツ姿のビジネスマンばかりだ。ここ最近、空席が目立っていた北陸路線も、今日はキャンセル待ちが出るほどの盛況ぶりだという。

客たちの射るような熱視線は、ミニスカから伸びるムッチリした太ももや脚線に集中している。

（うう……これじゃ辱《はずかし》めだわ）

が、心で反発しながらも凜としたたたずまいは崩すことなく、微笑みながら、しずしずと後方へ歩いていく。

（それにしても、この制服……）

まったく、誰のデザインだろう。

単なるミニスカのワンピースだと思っていたのは大間違い。

バブル期に大流行したボディコン、いや、もはやコスプレと呼んでいい。

大きく開いたVネックの襟ぐりは、胸の谷間がくっきり見える下品極まりないデザイン。

歩くたびにゆさゆさ揺れる清乃の巨乳は、否が応でも男たちの目を釘付けにし、舐めるような視線が浴びせられる。

あからさまなエロ光線を送られる中、それでも優雅な歩みは崩せない。

（いやん……パンティが……）

ヒップにまとわりつくミニスカのせいで、つい、不自然な歩き方になってしまう。おまけに、パンティが食いこんできたではないか。

（あ……んん……）

しかも、熱い潤みが滴ってきた。

バージンを捧げて以来、無自覚のうちに、どんどん体質が敏感になってきたのかもしれない。

（もう、なるようになれよ！）

それでも、キャビンに異状がないかと目配りをしながら後方へと進む。

毅然としていれば、なにも恥ずかしくはない。あくまでも品よく、そして優雅に。

——後方の客は比較的穏やかだった。

不躾《ぶしつけ》な視線を送る客は少なく、読書をしたりパソコン作業に没頭する者が多い。

安心したのも束の間、最後列まで来た時、清乃はヒップに違和感を覚えた。

（えっ……？）

おそるおそる振り向くと、一人の男性客がミニスカごしのヒップを撫でている。

「お、お客さま、おやめください」

清乃は小声で注意し、ハレンチ男の手から尻を逃がした。

「へへ、そう堅いこと言わないでさあ」

動じることのない男性は、再度ヒップの丸みと弾力を味わうようにスリスリ撫でまくる。

「アンッ……いけません」

五十代半ばだろうか。

細身の体にダークスーツとパンチパーマ、グラデーションサングラスでキメこんだ、見るからにひと癖もふた癖もありそうな強面の人物だ。

リクライニングを目いっぱい倒し、ふんぞり返ったまま、手を伸ばしてオサワリに没頭している。

周囲の客らは見てみぬふり。「さわらぬ神に祟りなし」とばかりに、チラリと一瞥して、すぐさま視線を逸らしている。

それをいいことに、彼は悪びれることなく、ムチムチとヒップを捏ね回し、玩弄を深めた。

「CAさん、エロいケツしてるねえ」

悪人ヅラがご機嫌に緩む。

「あん……ああん」

清乃は尻を揺するが、それがかえって彼のスケベ心に拍車をかけてしまったらしい。細い腰に回した手でグッと体を引き寄せ、

「ダメよダメよも好きのうち～ってか。こんなミニスカだと触ってくれって言ってるようなもんだぞ。へへへ」

脂ぎった手をスカートの中に入れてきたのだ。

「アン……ダメです……」

パンティの脇をスリスリとなぞられた。

「おっ、清楚な顔して食いこみの激しいハイレグか」

下方へと這い降りた指が、蜜汁を吸ったパンティの基底部に触れた。

「ん？　えらく濡れてるぞ」

嬉々として、指がワレメをなぞり出す。

「くう……」

「おっ、ますます湿ってきた」

指は敏感な柔肉をくにゅくにゅと玩弄しては、クリトリスをツンとつついた。

「あうう……」

清乃の体が大きくのけ反った。今にも膝がガクリと崩れてしまいそうだ。

必死に抗うが、がっちりと腰に回した男の腕力には適わない。

「こ……困ります」

「大丈夫、任せなさい」

調子のいい言葉を並べ、下腹に寄せた鼻をクンクンと鳴らしてくる。

「なんだ？　エロい匂いがしてるぞ」

鬼の首を獲ったように言い放つ。

彼はその後も清乃の匂いをスーハーと嗅いでは、ワレメに置いた指をねちっこく蠢かせる。

（アン……誰か助けて……）

渾身の力で男の手を払いのけようと試みるが、やよいに告げられた「北陸路線集客キャンペーン」の言葉が気にかかる。

清乃とて、北陸新幹線に負けるのは悔しい。

それを重々理解してか、男は切り札とも言える言葉を放つ。

「この路線、今は勝負時なんだろう？　ここはサービスしといたほうが得策だぞ」

汗ばむ手がスカートから離れ、Ｇカップの膨らみに伸びたその時だった。

「お客さま、失礼します」

甘く鼻にかかった声に振り向けば、やよいではないか。薄いストッキングに包まれたしなやかな美脚、細いウエストから続く悩殺的なヒップラインは、人妻のフェロモンムンムンである。

「ん？　君もえらい美人だなあ」

「あら、光栄ですわ」

満面の笑みで腰をかがめ、胸の谷間を見せつけたのち、くるりと背を向ける。

突き出した尻を振りながら、

「さあ、私のお尻も遠慮なくどうぞ」

熟れた尻をくなくなと揺する。

男はガゼン鼻息を荒らげた。

「よーし！　ふたりまとめて触ってやろう。美人ＣＡの尻比べだ」

嬉々として尻を並ばせ、両手でモミモミ、ムニュムニュと揉みしだき始める。

もはや、遠慮などかけらもない。

「アアン……ダメです……」

パンティの中を妖しいヌメリが滲んでいく。

（あん、こんなはずじゃないのに……）

やよいを見れば、うっとりと男のタッチに夢心地だ。

他の客はと言えば、相変わらずの無関心を装っている。

大胆に触る男の手が、ゆっくりと二人のスカートをまくりあげた。

2

「ンンッ……お客さま……ああん」

ミニスカがめくられると、やよいの声がいっそう艶を帯びた。

さすが人妻だけあって、男心を煽るツボを心得た、かぼそくも生々しい喘ぎである。

対して新人ＣＡの清乃は、恥ずかしさにうつむいたまま。

中腰でヒップを突き出したエロティックな格好で、動くことができない。

「ほお、二人ともいやらしいパンティだな。若いＣＡさんは純白のハイレグパンティで、ベテランＣＡさんはピンクのＴバックか。ミニスカ制服にふさわしいスケベさだ。感心、感心」

男が嬉々として言うと、周囲の乗客たちは一瞬だけこちらを見る。

──が、それだけのことだ。二人のパンティを確認すると、我関せずと言わんばかりに、再び視線を逸らす。

薄情だが、スケベ根性だけはあるらしい。

「ほら、ちょんちょん、と」

ますます調子づく男は、指先で尻のワレメをつついてくる。

「ああ……ダメです」

いやいやと清乃が尻を揺すった。

これは、ハレンチを売りにした過剰接客サービス以外のなにものでもない。

そこまでして北陸新幹線に勝とうと言うのか？

清乃の気持ちなどかまうはずもなく、欲望剝きだしの男の指は、執拗にワレメを弄り続ける。

「そ……それ以上はいけません」

ついきつめの口調で拒絶すると、隣り合うやよいが肘で突いてきた。

「清乃さん、お客さまには誠心誠意、お尽くしなさい」

「で、でも……」

「北陸路線が廃止になってもいいの？　新幹線に負けたなんてことになったら、あなたも悲しいでしょう？　それとも、新幹線のグリーンアテンダントに転職するつもり？」

「いえ、そんなつもりはありませんが……」

清乃がためらいを示すと、やよいは愉悦に潤む目をキッと吊りあげる。

もちろん「このまま触らせてろ」との意味だ。

（お客はセクハラ、先輩はパワハラ、どうなってるのよ、この航空会社）

まさしくハラが立ったが、先輩に逆らうことができないのが新人ＣＡの悲しさである。それに、何十倍の競争に勝って得た憧れのＣＡ職を失いたくはない。

清乃は仕事なんだと割り切って、ただただ耐え続けた。

しかし――

「へへへ、二人ともアソコがますます濡れてきたぞ」

巧みな指戯で充分にほぐれた体は予想外に性感が研ぎ澄まされ、あふれる蜜がパンティに滴っていく。

次の瞬間、ストッキングに手をかけた彼の手が、そのまま一気に剝きおろしたのだ。

「ヒイッ……」

「あんんッ」

清乃とやよいが同時に叫ぶ。

「これぞ、美人ＣＡのナマ尻」

脂ぎった手はここぞとばかりに尻を揉みしだき、捏ね回し続ける。

「二人ともスベスベで、餅みたいに柔らかくて、罪な尻だな」

尻モミする手は、時おり指を立てて女園をプニプニと圧してくる。

それがまた悔しいことに、なかなかのテクニシャンなのだ。

「ほ〜ら、プニプニ」

「あぁンッ……ハァ」

女の孔がヒクついている。ジュワ……と滲んだ花蜜が卑猥な匂いを放ちながら下着を濡らしていく。

プニプニ……ムニムニ……。

「アアンッ……それ以上は……」

清乃は少しでも魔の手から逃れようと、必死に尻を振り立てる。

チラリと横目でやよいを見れば、先ほど唱えたプロフェッショナル精神はいずこへ、恍惚の表情で熱い吐息を漏らしているではないか。

（信じられないわ。完全に仕事を忘れて感じまくってる。要するにエッチ大好きってことじゃない）

清乃がすっかり呆れていると、

「よおし、こうしてやる」

やおら、男が清乃のパンティ生地をキュと束ね、Tバック状にしてきたのだ。

「ッ……アアン」

布地が女肉にグイと食いこんだ。

「ほれ、クイッ、クイッ、クイッと」

おどけた口調に合わせ、彼はリズミカルに引きあげてくる。

「ハァ……アアン」

愛液をたっぷり吸った布地は、媚肉はもちろん、充血したクリトリスまで刺激してくる。

清乃は声を漏らすまいと、必死に唇を噛み締めた。

「ついでに、二人まとめてクイッ、クイッ、クイッ」

男はやよいにも同じ行為をしているらしく、湿った喘ぎがキャビンに響いた。

「おっ、こりゃ感激だ！　ベテランＣＡさんのＴバックの脇から、可愛いビラビラが見えそうだぞ。スケベだなあ」

男の興奮ぶりに、キャビンの乗客たちは、みな素知らぬふりを装いながら、耳をそばだてている。「さわらぬ神にたたりなし」ではあるが、「触れるＣＡの尻には大いに興味あり」の構図である。

どれくらい経ったであろう。「ポーン」とシートベルト着用のサインが点灯した。

あと十分ほどで小松空港へ着陸だ。

「あら、いけない」

その音にやよいは我に返る。

太腿までおろされたストッキングをあげ、めくれたミニスカを戻し、完璧なＣＡ姿になると、くるりと向き直って男の前にひざまずいた。

「お客さま、そろそろ到着です。リクライニングをお戻しくださいませ」

と実に上品に告げたのだ。

「あ？　ああ……」

一瞬にしてスケベ心が冷めたのか、男はそそくさとリクライニングを戻し、素直に従う。今の今まで淫乱ぶりを発揮していたＣＡの唐突な変わり身の早さに、戸惑う余裕もないようだ。

「ありがとうございます。今後とも東都航空をよろしくお願い申しあげます」

丁重に頭をさげると、しずしずと前方ギャレーへと歩き出した。

清乃も慌てて身づくろいをし、「これからもぜひ当社をご利用ください」と一礼してあとを追う。

だが——中途半端な快楽を与えられただけに、肉の疼きは否めない。

つい最近、処女を失い、女の悦びを知ったのだ。

宙ぶらりんな淫らな行為は、かえって清乃の欲情に火をつけた。

もどかしさと、わずかな後ろめたさを感じながら、飛行機はやがて小松空港へと着陸した。

コンコン——

空港近隣にあるステイ先のホテルの一室。

私服に着替えた清乃が一息つくと、見計らったようにノックが鳴った。

「はい」

ドアスコープを見た。

そこにいるのは、やよいではないか。髪を解き、鮮やかなローズピンクのワンピース姿は、華麗にして優美。キャビンでのハレンチサービスなど忘れるほどに貞淑で、艶やかな人妻の魅力にあふれている。

おそらく、金沢散策への誘いだろう。

ドアを開けた清乃が部屋に招き入れると、

「ねえ、このあと予定あいてるわよね？」

案の定、訊いてくる。

「せっかくですが、今日は疲れてしまって」

「お願い、協力してほしいことがあるの！」

やよいは胸の前で拝みポーズをとる。

「協力……ですか？」

「ええ、さっきの便に乗っていたお客さまからお食事のお誘いよ」

「もしかして、あのハレンチ男ですか!?」

眉をひそめる清乃に、やよいは首を振って唇を緩める。

「いいえ。金沢で観光事業を一手に取り仕切る『若林観光グループ』の会長・若《わか》林《ばやし》権造《ごんぞう》さんだそうよ。御年七十歳。まだまだ現役バリバリで経営の陣頭指揮を執っておられるの。先ほど秘書を通して会社に連絡があったの」

若林権造——バスの運転手から身を起こし、一代で観光会社を築いた立志伝中の人物だ。数年前に妻に先立たれたあとも、企業買収や金沢を舞台にした映画やドラマの撮影に協力したりと、順調に事業を拡大している。北陸新幹線開通は、そんな若林にとってまさしく追い風である。

「なぜ、わたくしが……」

「なんでも、清乃は会長の亡くなった奥様の若い頃に瓜二つらしいの。キャビンで見かけたのもなにかの縁とかで、えらく感動されていたらしいわ」

「は?」

「清乃、これはチャンスよ。若林観光グループは系列会社も入れて、従業員数ざっと二千八百人。うまくいけば、今後の出張やパック旅行なんかで、東都航空を優先的に利用してくれるかもしれないわ。会社もそれを望んでいるの。さっきも言ったけど、北陸新幹線との競争があるんだから。今、会長は北陸新幹線に目が行っているから、それをこっちに向かせないといけないの。ねえ、いいでしょう?」

熱弁をふるうやよいの瞳は、蠱惑的に輝いていた。

「失礼いたします」

清乃とやよいが指定された料亭に着くと、加賀友禅に身を包んだ美熟女の女将がにこやかに迎えてくれる。

金沢駅からほど近い料亭のJ楼は、北側に浅野川、南には兼六園に挟まれた加賀百万石の面影そのままに、伝統を守り続ける老舗料亭旅館である。

「若林会長がお待ちです。こちらへ」

案内されるまま、総檜張りの長い廊下を進むと、最奥の離れに到着した。

「会長、ご到着されました」

女将が襖越しに声をかける。

「はいれ」

中からは威厳ある声が返された。

襖が開けられ、一礼をした二人が顔をあげると、広々とした和室の中央に置かれた黒塗りテーブルで、和装姿の若林が猪口片手に酒を呑んでいた。

オールバックの白髪頭。浅黒い肌艶に恰幅いい体軀は、とても七十歳には見えない。

床の間を飾る掛け軸は水墨画、色絵磁器の壺はおそらく九谷焼だろう。

雪見障子を通し、築山や石灯籠、小判型の池が見える。

「まあ、会長、申し訳ございません。お酌いたしますわ」

慌てる女将に、権造は目を細めて鷹揚に言う。

「かまわん、今夜はCAさんたちを最高の加賀料理でもてなすつもりだ。料理はできたものから順番に持ってきなさい」

「かしこまりました」

女将がさがると、権造は清乃とやよいに視線を流し、

「清乃くんに、やよいくんだったな。今日はご苦労だった。さあ、座りなさい」

恐縮した二人が権造の向かい席に着くと、次々と料理が運ばれてくる。

能登で獲れた新鮮な魚介に、名物のじぶ煮、すだれ麩、地元野菜の炊き合わせ、

喉を潤す加賀の名酒――。

酒が進むうちに、権造は妻とのなれそめや、思い出話を語り始めた。

「それにしても、清乃くんは亡くなった女房によく似ている」

寂しい光が宿る老紳士の瞳――成りあがりの辣腕者と思えぬほどに、その素朴で純粋な男心は清乃の胸をひどく打つものであった。

(この方も仕事を離れれば、奥様を思う一人の男性だったのね)

妙に体が火照り始めたのは酒のせいばかりではないだろう。

その時だった。対面席に座る権造の手が伸び、テーブル上の清乃の手を捉えたのだ。

「清乃くん、いいだろう?」

「えっ?」

「先輩のやよいくんは承諾済みだ。今宵は三人で楽しもう」

立ちあがった権造が、もう一方の襖を開けると、豪華な布団が桃色の行燈に照らし出された。

3

「さあ、清乃、行きましょう」

タイミングを見計らったように、やよいが背中を押し、寝室へと促した。

「や、やよい先輩……」

不安げにやよいを見ると、薄笑みが返された。そう、口許のホクロをきゅっとあげた、あの蠱惑的な笑みだ。

「お願いよ。会社のため、今夜は若林会長のご希望通りにしてほしいの。もちろん、私も一緒よ。三人で気持ちいいコトしましょう」

こっそりと耳打ちするやよいに腕を引かれるまま、清乃が立ちあがる。

「ちょ、ちょっと待ってください。まだ、心の準備が……」

「こういうのは準備なんて必要ないの。お堅いことは言いっこなし」

強引に腕をとるやよいに、清乃は抗うことができない。

先ほど呑んだ加賀の名酒のせいだろうか、不安ながらも夢心地で、ふわふわする。清乃の性への好奇心が煽られ、甘美な気持ちが湧いてきた。

「さあ、清乃……素直になって」

いざなわれるまま、清乃は一歩、一歩進む。

ピシッ——！

襖が閉められる音で我に返った。

行燈の淡い灯りに浮かぶ寝室は、香が焚かれた広々とした和室で、丹頂鶴と松、笹の葉を摸した飾り障子で囲われている。

それにも増して目をみはるのは、室内中央に敷かれた豪華な布団だ。

煌びやかな金糸の刺繍が施され、絢爛にして妖艶、テレビで見た大奥へと舞いこんだ錯覚に陥ってしまう。

掛布団をめくり、清乃を横たえようとするやよいに、

「……せめてシャワーを」

清乃は、初めて抵抗らしい抵抗を試みた。

私服に着替えたものの、ランジェリーはフライト時からつけていたものである。

飛行中、ミニスカをめくられ、秘部を玩弄してきた男のせいで全身は汗まみれ。

ブラジャーは汗を吸い、ハイレグパンティに至っては、いまだ乾かぬ淫蜜で媚肉に張りついている。

疼く媚粘膜はいっそう潤い、はしたない女臭を漂わせているに違いない。

不安げな視線を向ける清乃に、傍らに立っていた若林がひとこと言葉を発した。

「清乃くん、料理のあとは君を味わうよ。最高のデザート、いや、むしろ、君こそがメインディッシュだ」

「……汗を流すことも許されないのですか？」

「極上の刺身を洗って食えというのか？」

苦笑しながらも射抜くようなその眼差しに、清乃が一瞬たじろぐと、

「さあ、脱がしてあげるわ」

後ろからやよいがブラウスのボタンを外してくる。

「あん……先輩」

「なにも怖がることないのよ。若林会長は地元の名士。その方の亡き奥様に瓜二つとは、大変名誉なことよ」

ボタンが外されると、純白のブラジャーがあらわになった。シルク生地に包まれたたわわなGカップ乳が誇らしげに揺れ弾む。

「ああっ……待ってください」

蒸れた汗の匂いが鼻孔をかすめ、清乃は慌てて拒絶の言葉を吐く。が、やよい

は素早くブラウスを腕から抜き取り、スカートのファスナーをおろし始めた。

「待ってくださ……」

清乃のタイトスカートがパサリと落ちた。

純白のランジェリーをまとう清乃が、淡い照明に照らし出される。

しゃがみこもうとする清乃に、

「そのまま立ってなさい」

やよいは、やや命令口調で言い放つ。

「は、はい……」

まるで訓練時代を思い出させる毅然とした物言いに、清乃は動揺しながらも直立不動となる。

「会長、いかがです？　亡き奥様に瓜二つの整った顔立ち、そしてグラマラスボディ。清楚な白のランジェリーまでが、ひどく淫らに見えてませんこと？」

極薄のストッキングが艶めかしい光沢を放っている。

「ああ、これほどまでに肉感的な体つきだったとは」

若林は目を血走らせ、感嘆の声をあげる。

「面差しは若かりし日の女房と瓜二つだが、体つきは全く違う」

「ふふ、最近の子は発育がいいのですよ。どうです、このたわわなオッパイ」

やよいの手が片方の乳房をすくいあげた。

そのまま、モミモミと捏ね回される。

「アンッ……やよい先輩」

清乃は立ったまま、身をよじらせた。同性だけあってソフトなタッチだが、微妙な力加減が清乃の淫心を徐々にたぎらせていく。

尖った乳首を下着ごしに摘まみ、ひねっては、羞恥と困惑に歪む表情を愉しんでいるかに見えた。

「アン……ハァッ」

肌熱が高まり、汗が滲んできた。

若林が見ているにもかかわらず、肉体はさらなる刺激を欲し、悩ましげに身をくねらせてしまう。

「もっと感じていいのよ」

そう囁きながら、やよいが唇を重ねてきた。

「アン……ンン」

初めて味わう女性の唇だった。

つい先日、処女を失ったばかりだというのに、次は女性――しかも美貌の先輩だ。過剰なセクシーさはあるものの、統率力があり仕事もできる。見習うべき点が多々ある理想のCAと言ってもいい。

(ダメ、ダメよ……)

しかし、心とは裏腹に体が反応する。

驚きや戸惑いよりも早く、その甘美な柔らかさに陶然となってしまう。

(アア……やよい先輩……信じられない)

細くつるりとした舌が差しこまれた。

「ンンッ……ハアッ」

横にたたずむ若林の熱い視線を感じながら、清乃は口内を這う舌の蠢きに身を任せる。

そう、抗おうにもそれができないのだ。まるで、美しい蜘蛛に毒液を注入された蝶のように、身動《みじろ》ぎさえままならない。

(あん……わたくし、いったいどうしちゃったの?)

やよいは清乃を抱き締め、壊れ物でも扱うように優しく布団に仰向けにさせた。

艶やかな清乃のボブヘアが、真っ白なシーツに散り広がる。

「ハァ……やよい先輩」

「きれいよ。嫉妬しちゃうくらい清乃は美しいわ」

ひざまずいたやよいは、うっとりと目を細める。

対して、若林は立ったまま、眼光鋭く二人を見据えた。

「見れば見るほど見事な体だ」

彼の視線は、清乃の紅潮する美貌、華奢な首筋や鎖骨、乳房や臍、張り出したヒップから太腿を順繰りにねめつけてくる。

「ァア……そんなに……見ないでください」

思わずそむけようとした顔よりも一瞬早く、やよいの手が清乃の細い顎を摑んだ。

「恥ずかしがる姿も可愛いわ」

長い睫毛を潤ませながら、再びやよいの唇が重なってきた。

「あう……ンンン」

強く舌を吸われた。

甘い唾液が互いの口腔を行き来し、ピチャピチャと淫靡な音が響き渡る。

男の人とは違う甘い香りと柔らかな感触——女性とのキスが初めてである清乃

も、そのはかなげな感触に陶然としてしまう。

たおやかな手が髪を撫で、鎖骨を撫でるたび、清乃の唇から、かすかな喘ぎが漏れ続ける。

恥ずかしいはずなのに、こんなはずじゃなかったのに——。

さらなる刺激を望む浅ましい自分に驚いたのは、他でもない、当の清乃自身だった。


——どれくらい時間が経ったであろう。

濃密なキスが解かれた。

口端に垂れた唾液を拭うと、やよいは若林を振り返る。

「さあ会長、清乃の体は十分にほぐれました。存分にお楽しみください」

艶を帯びた声で告げるやよいに返ってきたのは、意外な言葉だった。

「清乃くんの体は、のちほどじっくり味わわせてもらう。まずはこのまま二人のレズビアンショーを楽しませてもらおうか」

「えっ……レズ……ですか？」

やよいが驚きの声をあげると、

「そうだ。昔の映画『吉原消失』で名取恵子と二宮和江のレズビアンシーンがあっただろう。あれには殊のほか興奮してな。機会があれば一度見たいと思っていたところだ」

若林は着物の裾を払うと、その場に胡坐をかいた。

「これほどの美女のカラミはそうそう見られるものじゃない。さあ、思う存分乱れなさい」

「アンッ……ハアアアンッ……先輩ッ」

清乃に覆いかぶさったやよいは、Ｇカップの巨乳を絞りあげ、くびり出た乳首をチュッと吸い始めた。

「ああ……清乃、きれいよ……汗の匂いさえかぐわしいわ」

裸になったやよいが、流れるような速さで清乃のブラを取り去り、パンティを足首から抜き取った。

畳の上に二人のランジェリーが置かれると、若林は当然のように手を伸ばす。

まず先に手にしたのは、清乃のパンティだった。

切れ込みの深いハイレグ生地を裏返し、匂いを嗅ぎ始めたのを清乃は見逃さなかった。

「アアッ……会長……」

「やめて」と、とっさに起き上がろうとするが、すぐにやよいに組み伏される形となる。

「ほお、清乃クンのパンティはえらくベタベタした汁がついているな。機内でなにかあったか？」

清乃が返答に窮していると、やよいが代わって応じる。

「ええ、実は機内でハレンチなお客さまがいらしたんですのよ。ちょっとオサワリをお許ししたら、二人とも感じてしまって……」

「なぬ、けしからんやつだ」

やよいの言葉に、若林は不機嫌さをあらわにしたが、それはおそらく彼女自身の目論みだろう。案の定、清乃を組み伏せたまま、やよいはフォローの一言を忘れない。

「ふふ……そのおかげで体に火がついたんですのよ。こうして会長とご一緒できるだけの下地ができたというものですわ」

「ものは言いようだな」

若林も余裕の笑みで受け流す。

「私のパンティもお確かめになって……きっと清乃以上に濃厚な匂いが楽しめるはずですわ」

堂々たる誘導ぶりである。

「どれどれ」とピンクのTバックを手にする。

「ふむ……そうとう感じたようだな。確かに、清乃の下着よりも蒸れた発酵臭が強くて、白いカスまでべったりだ」

若林はレロレロと生地を舐め始めた。

「あん、私のおシルを舐めてくださるなんて光栄ですわ。では……改めて、会長の前で清乃とのレズを披露いたします」

やよいは、清乃の弾む乳房に自身の乳肌を押しつけた。

清乃のGカップ乳と、やよいのDカップ乳が押し合い、ひしゃげ、吸い付き合う。硬く尖った乳首がぶつかり合った。

「ハァ……気持ちいい……」

「ンン……先輩」

やよいに導かれるように、清乃の性感も研ぎ澄まされていく。男性とは違う肌のなめらかさと弾力、立ち昇る甘い体臭が、媚薬のように女同士の情交を狂おしいほど深く、淫靡なものへと変貌させる。

もしかして、やよいは女同士の経験があるのかもしれない。

会社のため、若林のためと言いつつも、異性では埋められぬ快楽の隙間を、こうして女同士で補っているのだろうか。

「あっ……ああ」

やよいが清乃の乳首に軽く歯を立て、ねぶり回す。

「ン……可愛いわ……清乃」

甘い囁きは、まさに淫魔に取りつかれた雌そのものだった。

やよいのリードで始まったレズビアンプレイは、その巧みな性戯もあって、次第に清乃を禁断の世界へと引きずりこんだ。

軽やかながらも艶めかしいタッチ、すべらかな肌触り、女性特有の甘い体臭に、夢心地になってしまう。

それにどうだ、クールビューティとの異名をとる美人ＣＡに抱かれる心地よさは、まだ一人の男性しか知らぬ清乃にとって、性差を越えた未知の愉しみを存分に教えてくれる。

「ふふ、清乃の一番大切な部分を舐めてあげるわね」

やよいの手が、すべらかな内腿にかかる。

「ンンッ……」

左右に広げられると、濃い目のヘアに縁どられた真紅の秘花が、剝き出しになった。

「おおっ」

若林が身を乗り出す。

「おお、たらたら、たらたらといやらしい汁を垂らしておる」

「ンン……イヤ」

蜜口を隠そうと伸ばした清乃の手を、やよいが払いのけた。

「ダメよ、会長にしっかりご覧いただきましょうね」

充血した肉ビラに、やよいの細指があてがわれた。

そのままゆっくりV字に開くと、
ネチャ……

とろける媚肉の奥ヒダが惜しげもなく晒される。

「ああ、きれいなピンク色。まだ使いこまれてないから、ビラビラが薄くて可愛いわ」

下半身に移動したやよいは、若林に女陰をしかと見せつけた。

そして濡れた唇を近づけると、熱い吐息を吹きかけ、伸ばした舌先で小さく震える淫花を舐めあげた。

「アアッ……ンンッ」

清乃の体が弓なりにのけ反った。なおも舌攻撃が重ねられる。

ネチャッ……ピチャッ……ピチャッ……。

秘裂を舐め吸われては、淫蜜を啜られる。

そのたび、清乃は総身を痙攣させ、声を裏返させた。

歯を食いしばり、シーツを握り締めながら、もたらされる悦楽が、いっそう清乃を甘いタブーへと押し流していく。

と、その時だった。

「おお、勃った！」

若林が大声で叫んだ。

思わず視線を向けると、歓喜にあふれるその声を体現するように、着物の下半身がテントを張っていた。

4

「こんなに勃起したのは、何年ぶりだろう」

二人の美女CA、清乃とやよいのレズビアンプレイを間近で見入っていた若林が、興奮気味に言い放った。

目を向けると、突きあげるイチモツを愛でるように、彼は和装姿の股間をしごいているではないか。

「まあ会長、素敵ですわ」

やよいがうっとりと囁く。

組み伏せていた清乃の体から身を起こすと、豊満な乳房を隠すことなく、若林に笑みを向ける。

「古希を過ぎても、会長はまだまだお若いですよ。さあ、私たちと一緒に楽しみましょう。お着物を脱がして差しあげますわ」

ピチャッ……クチュチュッ……。

「おお、まさかこんなことになろうとは」

ピンクの行燈に照らされた和室内――。

豪奢な布団に仰向けになった若林は、七十歳とは思えぬ屈強な体軀を打ち震わせた。

彼の両脚の間には、やよいと清乃が並んで座り、まずは人妻ＣＡのやよいが、いきり立つペニスを咥え始めた。

三人とも一糸まとわぬ姿である。

甘く鼻を鳴らしながら男根を舐めしゃぶるやよいの姿は、これから繰り広げられるであろう３Ｐへのオープニングにふさわしい妖艶さだ。

「アフン……とてもご立派だわ、会長のおチンポ」

くっきりと静脈が浮き出ている淫茎は、野太く、色も浅黒い。

陰嚢を揉みしだきながら咥えこむやよいが唇をスライドさせるたび、見え隠れする筋張った剛棒がひどく淫猥だ。

先ほど濃密なキスをした清乃の劣情をいっそう掻き立ててくる。

チュポン……カリ首を下唇で弾かれたのち、ペニスが吐き出された。

「さあ、次は清乃の番よ」

口端に唾液を光らせながら向けられた微笑はこの上なく淫靡で、「会長が満足されるよう、存分にお尽くしなさい」との命令もしっかりと伝えている。

清乃はコクンとうなずくと、改めて若林の漲りを眺めた。

そっと根元を握ると、熱い脈動が伝わってくる。

亀頭に唇を寄せ、恍惚に包まれたまま、おずおずと舌を差し出した。

裏スジをチロリと舐めあげると、

「おおっ……」

頭上から若林の悦楽の唸りが響いてきた。

チロリ……ピチャッ……ピチャッ……。

「おお、清乃くん、うまいぞ」

ペニスがいちだんと硬さを増した。

張りつめた亀頭に唇をかぶせ、あふれる唾液を塗りこめながら、喉奥深くまで頬張っていく。

「んんん」

白髪交じりの陰毛に接するほど、深々と咥えこむ。そのまま内頬を密着させ、ゆっくりと首を打ち振った。

ジュポッ……ジュポッ……!

次第に吸引を強めていくと、充血した肉はさらに芯を硬化させ、頼もしいほどに口腔粘膜を圧し返してくるではないか。

その反応は、清乃を悦びへと導いた。

会長にお尽くししたい。もっともっと感じてほしいという願いが不思議と高まっていく。

処女を捧げた沢木以来、このような年配者に対して特別に好意を抱いていたのかもしれない。

若林のものを愛でながらも、清乃は四カ月前に抱かれた沢木との夜を思い出す。

(同じオジサマでも沢木会長は包容力ある紳士で、若林会長はカリスマ性と威厳に満ちている。ペニスの硬さは沢木会長が上だけれど、太さは若林会長のほうがあるかしら？　汗の匂いも、オチンチンの味も人それぞれ違うのね)

二人の感触を比べつつ、口唇愛撫を深めていく清乃であった。

「ああ……会長……もっと感じてください」

そう呟くと、いくども頬張っては吸いあげ、手指でしごいては愛撫を深める。

汗と塩気の効いた肉の味が口いっぱいに広がった。その様子を隣で見つめるやよいの視線にも、清乃はひどく興奮させられてしまう。

やがて、吐き出した肉棒の先端を、自らGカップの乳房に押しつけた。

「おおっ……」

その行為は意外だったらしい。若林が感嘆の声をあげる。

ヌチュッ……ニュチュチュ……。

赤黒く張りつめた亀頭が豊乳を圧し、沈みこんだ。

「アン……わたくし、こんないやらしいこと……」

朱に尖り立つ乳首が、亀頭に圧されるさまを目の当たりにし、清乃の肌はいっそう熱を帯びていく。先ほど、やよいに抱かれたせいだろうか。自分でもよくわからぬまま、男の象徴で乳房を弄ばれることにたまらなく欲情してしまう。もっと、もっと恥ずかしいことをされたい——ますます燃え盛る劣情が、二十歳の体を駆け巡った。

「ハァ……清乃くん、私の顔にまたがりなさい」

若林がシックスナインの体勢を命じた時だった。

「会長、私……もう待てません」

そう叫んだのは、隣で見ていたやよいだった。

両手で寄せあげた乳房を若林に近づけると、

「我慢できません。私のオッパイも……吸ってください」

無理やり尖った乳首を、口に含ませたのだ。

「むぐ……」

眉間に皺を刻みながらも、彼は乳首を吸い立てる。汗ばんだ乳丘をわし掴んではウグウグと赤子のように吸いしゃぶった。

「ああ……気持ちいい……くうう」

その声に、清乃も嫉妬心を掻き立てられ、再び猛り立つペニスを頬張った。

陰嚢を吸い、根元から裏スジに舌を這わせ、亀頭をぱっくりと咥えこむ。

室内は三人の吐息と喘ぎ声が乱れ飛び、淫靡な空気と溶け合った。

どれくらい経っただろう。

「さあ、二人並んでこちらに尻を向けなさい」

若林が毅然と言い放つ。

どうやらシックスナインはやめ、挿入に持ちこむようだ。

肩で呼吸をするやよいと清乃は、命じられた通り、雪見障子のほうを向き、四つん這いの姿勢をとった。

いよいよあの逞しい雄棒で貫かれるのだ。

沢木に抱かれて以来、男性と性交渉を持たぬ清乃は、期待と興奮に胸を高鳴らせる。

「おお、若い清乃くんは引き締まった尻だな。肉ビラが小さくて初々しい。濡れ具合も合格だ」

分厚い手が清乃の尻をひと撫でると、清乃は「アアッ……」と身を反らせる。

「やよいくんはさすがに脂の乗った熟れ尻だな。膨らんだ肉ビラが満開だ。観音様と呼びたいくらい素晴らしい」

「ァ……ありがとうございます。会長、早くそのご立派なもので串刺しにしてください」

辛抱ならないと訴えるように、やよいがくなくなと尻を振ると、

「じゃあ、やよいくんから行くか」

そう言うなり膝立ちになると、やよいの尻を引き寄せ、ワレメに先端をあてがった。

ズブッ……ジュブッ……ジュブブッ……。

「アッ、アッ……ハァアアッ……！」

勢いをつけて腰を入れられると、やよいの掠れた悲鳴が響き渡る。

「ほおお、キュウキュウ締めつけてくるぞ」

若林が肉を馴染ませるように数回、腰をうねらせると、前後運動を開始した。

淫靡な水音がしだいに明瞭になり、同じように四つん這いで挿入を待つ清乃の鼓膜を穿ってくる。

（ああ……先輩ばっかり……アアァン）

水音は、いつしかぶつかり合う肉の音に変わっていた。

（早くわたくしも欲しい……お願い……）

そのもどかしさたるや、肉ずれ音に合わせて、思わず尻を振ってしまうほどだ。

ついに耐え切れなくなり、清乃は、

「会長、わたくしにもください。思いっ切り清乃の膣内《なか》に入れてほしいんです」

懇願せずにはいられなかった。

「よし、次は清乃くんの番だ」

やよいの女孔から肉棒を引き抜くと、女蜜まみれの先端が清乃の淫裂にあてがわれた。

「ああ……」

どれほど待ち侘びたであろう、生温かな亀頭が花びらをめりめりとこじ開けてくる。

清乃が湿った吐息をついた瞬間、
ズブッ、ズブッジュボボボッ……！

「ヒイッ……ハァアアッ……」

膣肉が引き攣れると思えるほど激しい衝撃が、体内を深々と貫いた。

その衝撃は、処女を捧げた沢木とは異なる強靭で凶暴な獣じみたものであった。

体が真っ二つに引き裂かれるほど激しい打撃が清乃の未開の地を開拓する。

「ふう、さすがにキツイな。抱き甲斐がある体だ」

尻肉に十指を沈みこませながら、ぐっと清乃の腰が引き寄せられる。

同時に叩きこまれた剛直が、膣奥深くまでズブリとめりこんだ。

「ハウウッ……！」

強烈な電流が背筋を突き抜けていく。

歯を食いしばりながら叫ぶ清乃の体は、さらなる快楽を欲する牝獣と化していた。

「ほう、清乃くんもなかなかの好きモノなのかな？」

返答する間もなく、ズブズブッと退いたペニスが再び穿たれる。一度目にも増して荒々しい動きだ。

内臓が押しあげられ、呼吸が止まった。

律動のたび、熱く脈打つクリトリスにズンズンと響いてくる。

「ハァ……アアァッ……ハァア……」

膣路は、信じられぬほどの摩擦熱に焼き焦がされ、縦横無尽に暴れる若林の意のままに変形していく気すらした。

バチンッ、バチンッと響く肉の音に合わせ、総身からは汗粒が飛び散った。

四肢が痙攣し、膣粘膜がわななき続ける。

しかし、これほどの衝撃を受けながらも、清乃は見えない鎖につながれたように、ただただ四つん這いの姿勢をとり、次なる一撃に身構えるのだった。

思考が混濁し、悲鳴が放たれるが、それが自分の声なのかやよいの声なのかさえ定かではない。

体内を破壊するほどの衝撃が、すべてを支配していた。

一打ちごとに乳房が揺れ弾み、ボブヘアが乱れ散った。

と、その時だった。

「会長、そろそろ私にもください。清乃ばかりズルいわ」

横で尻を振り立てるやよいの姿があった。ズンと奥まで入れたまま、

「よしよし、今、やよいくんにも入れてやろう」

そう言うなり、弾みをつけてペニスが引き抜かれる。

「ああンッ……」

今の今まで塞がれていた女の肉道が、呆気ないほど空虚なものになる。

再び、やよいに挿入した若林は大きく深呼吸しながらピストン運動を開始する。

ズチュッ……ズチュッ……ジュズズ……。

「イイッ……会長のオチンチン……ァンンン」

やよいはヒイヒイと喉を絞りながら咽び泣いた。

全身を汗みずくにさせ、髪を振り乱してヨガり啼く姿に、清乃は息を呑み、同時に羨望の眼差しを向ける。

「アンン……会長、次は私です……お願い」

再びやよいの横に尻を並べた清乃が哀願する。

「これぞ極楽！　長生きはするもんだな。じゃあ十回ずつ交互に入れてやろう。覚悟せい！」

若林は雄叫びをあげ、強靭な腰づかいで女穴を交互に犯しまくる。

ズンッ……ジュボボボッ……！

「ハァア……会長……すごい……絶倫……」

激しい突きあげのたびに、やよいと清乃の絶叫がひときわ甲高く響き渡った。

金沢の夜は長く熱い——。

＊「週刊実話」連載「フライト♥淫靡テーション」２０１５年
1月15日号～7月30日号分を大幅に加筆・修正。

＊文中に登場する団体・個人・行為などはすべて実在のものと
は一切関係ありません。

二見文庫

ときめきフライト

著者　蒼《あお》井《い》凛《りん》花《か》

発行所　株式会社 二見書房
東京都千代田区三崎町2-18-11
電話 03(3515)2311［営業］
03(3515)2313［編集］
振替 00170-4-2639

印刷　株式会社 堀内印刷所
製本　株式会社 村上製本所

ISBN978-4-576-16053-5
http://www.futami.co.jp/

二見文庫の既刊本

夜間飛行

AOI,Rinka
蒼井凜花

入社二年目のＣＡ・美緒は、勤務前のミーティング・ルームで、機長と先輩・里沙子の情事を目撃してしまう。信じられない思いの美緒に、里沙子から告げられた事実――それは、社内に特殊な組織があり、ＶＩＰを相手にするＣＡを養育しては提供し、その「代金」を裏から資金にしているというものだった……。元ＣＡ、衝撃の官能書き下ろしデビュー作！

二見文庫の既刊本

愛欲の翼

AOI,Rinka
蒼井凛花

スカイアジア航空の客室乗務員・悠里は、フライト中に後輩の真奈から突然の依頼を受ける。なんと「ご主人様」に入れられたバイブを抜いて欲しいというものだった。その場はなんとか処理したものの、後日、その「ご主人様」と対面することになり……。「第二回団鬼六賞」最終候補作を大幅改訂、さらに強烈さを増した元客室乗務員（キャビン・アテンダント）による衝撃の官能作品。（解説・藍川京）

二見文庫の既刊本

美人モデルはスッチー　枕営業の夜

AOI,Rinka
蒼井凜花

CA（キャビン・アテンダント）の合間を縫ってモデルの仕事をしていた絵里。あることを機に本格的にモデルへと転身することに。だが、その世界に入ってみると、若手カメラマンからは撮影中にセクハラされ、テレビ局の有力幹部とは3Pまで……。強力なライバル・優奈の存在もあって、その行為はどんどんエスカレートしていくのだが――。人気女流による衝撃の書下し官能！

二見文庫の既刊本

機内サービス

AOI,Rinka
蒼井凜花

大手航空会社から、子会社のピンキー航空に出向することになったCA（キャビン・アテンダント）の美里。膝上15センチのミニにブラウスは第二ボタンまで外す――という制服に身を包み、卑猥なサービスで売上げを伸ばしていくが、乗客の要求もどんどんエスカレートしていき……。「第二回団鬼六賞」ファイナリストの元CAによる衝撃の官能、待望の新作登場！